기적은
순간마다

지 은 이 | 조용근
펴 낸 이 | 김원중

기　　　획 | 김무정
편　　　집 | 심성경, 송보경, 김주화
디 자 인 | 박선경, 신은정
제　　　작 | 허석기
관　　　리 | 차정심
마 케 팅 | 김재운, 박혜경

초판인쇄 | 2012년 02월 20일
개 정 2 쇄 | 2015년 09월 05일

출판등록 | 제313-2007-000172(2007.08.29)

펴 낸 곳 | 상상예찬(주)
　　　　　 도서출판 상상나무
주　　　소 | 경기도 고양시 행주산성로 5-10(행주내동)
전　　　화 | (031) 973-5191
팩　　　스 | (031) 973-5020
홈 페 이 지 | http://smbooks.com

ISBN 978-89-93484-91-5(03230)

값 14,000원

기적은 순간마다

조용근 지음

상상나무

저금통 안에 모아둔 나눔의 정신

사람의 마음은 눈으로 볼 수도 손으로 만져 볼 수도 없다. 하지만 『기적은 순간마다』의 저자 조용근 회장의 마음은 누구나 한 점의 흐림도 없이 그 밑바닥까지 들여다볼 수가 있다. 그리고 손으로 그 무게와 형태까지도 만져볼 수 있을 것이다. 그만큼 이 책 속에 담긴 이야기들은 진솔하다. 꾸밈도 과장도 없는, 있는 그대로의 담담한 필치를 따라가다 보면 "열 길 물속은 알아도 한 길 사람 속은 모른다"는 격언을 잊게 된다. 그래서 백년지기처럼 가까워진다.

조 회장은 자신의 가장 귀중한 보물에 대해서 이야기한다. 30년 넘게 간직해 온 철제 저금통이다. 흔히 저금통이라면 그 안에 한두 푼 모아 둔 동전이나 때 묻은 지폐를 생각하게 된다. 하지만 조 회장의 저금통 안에 모아 둔 것은 나눔의 정신이다. 그래서 서너 뼘 되지 않는 그 작은 저금통 안에서는 마르지 않는 샘물처럼 사랑과 믿음이 고여 흐른다. 굶주린 사람들에게는 밥이 되고 가난한 학생들에게는 장학금이 되고 상처 입은 사람들에게는 새살이 되는 치유의 약이 되는 놀라운 기적들이 벌어진다.

결코 기적이란 말이 과장이 아니라는 것은 가난을 뜻하는 빈(貧)자를 써 보면 안다. 재화를 상징하는 조개 패(貝)에 나눌 분(分)자를 합쳐 놓은 이 글자는 나눌수록 인간은 가난해진다는 사실을 보여준다. 그런데 거꾸로 조 회장의 저금통은 나눌수록 커지고 채워지고 풍요로워진다. 이웃들과 나눌수록 가득 차고 넘쳐나는 이 저금통이야말로 전설에 나오는 화수분 단지가 아니고 무엇이겠는가.

맞다, 그것은 기적이다. 물질은 나눌수록 가난해지지만 사랑과 믿음의 마음은 나눠줄수록 더 커지고 새로워진다. 저금통 안에 들어 있는 것은 분명 물질이 아닌 크리스천의 정신이 담겨 있었기 때문이다. 우리는 이러한 놀라운 기적들을 이 책의 제목 그대로 매 순간 체험한다. 다만 이 책을 읽기 전까지 그것을 모르고 지냈을 뿐이다. 정확히 말하자면 조 회장의 글을 읽고 강연을 듣고 나눔 전도사의 그 행동을 직접 눈으로 보기 전까지 우리는 남에게 베푸는 사랑이 무엇인지 머리로만 알고 있었을 뿐이다.

그런데 이제 가슴으로 그것을 느끼고 발로 그것을 행동하게 하는 기회를 얻게 된 것이다. 저자와 함께 순간마다 겪고 있는 그 많은 기적들을 체험한다. 초대 기독교의 모임인 코이노니아라는 게 무엇인지 실감하게 된다.

흔히들 원조를 받던 나라에서 원조를 주는 나라로 바뀐 한국의 위상을 자랑한다. 하지만 우리가 이웃 나라를 돕는 것은 결코 형편이 나아졌기 때문만이 아니다. 오히려 가난하였기에, 조 회장의 어린 시절처럼 들쥐를 고기인 줄 알고 먹었던 그 슬프고 가난했던 옛이야기를 마음속에 저금해 두었기 때문에 이제 남에게 그 부와 행복을 베풀 수 있게 된 것이다. 한마디로 마음이 없으면 물질도 없다.

요즘에 들어서 나눔을 이야기하는 사람들이 부쩍 늘었다. 그중에는 체면상 마지못해 하는 기업들도 있고 표를 얻기 위한 포퓰리즘으로 구호만 외쳐대는 정치가들도 있을 것이다. 입으로만 나눔을 이야기하는 사람들에게 읽혀야 할 책이 바로 이 책일 것이다. 나눔은 구호가 아니다. 나눔은 선심이 아니다. 나눔은 넉넉하기에 베푸는 노블레스 오블리주가 아니다. 나눔은 이 책에서 보듯이 낡은 철제 저금통 안에 모아둔 가난의 눈물방울과 고통의 핏방울, 그리고 노동의 땀방울에서 나오는 기적의 선물인 것이다.

2012년
−이어령 문학평론가(전 문화부장관)

말과 삶이 일치하시는 실천가

조용근 회장님을 생각할 때마다 떠오르는 단어가 있는데 그건 바로 '실천가'입니다. 그리고 또 하나 '꾸준히'입니다.

뭐든지 행동으로 옮기시는 분인데 그 행함과 실천이 일시적이거나 가변적이질 않고 지속적이며 성실합니다.

자신이 한 말은 물론이고 나눔과 섬김의 삶과 신앙고백이 그리고 순간순간 펼쳐지는 생각이 여실히 행동으로 나타납니다. 우리 시대 말과 삶이 일치하시는 몇 안 되는 실천가 조용근 회장님입니다.

이렇게 꾸준히 성실하게 최선을 다해 노블레스 오블리주를 실천할 수 있도록 하게 하는 힘은 하나님이 주신 비전과 그것을 이루고자 하는 남다른 열정, 그리고 소외된 이웃을 내 몸처럼 사랑하는 그분의 따뜻한 밥심입니다.

그동안 많은 단체에서 헤아릴 수 없이 많은 봉사활동을 펼쳐오신 분이지만 그중에서도 밥퍼 현장에서의 봉사활동만큼은 호흡이 있는 날까지 일평생을 하실 분입니다.

현재 밥퍼나눔운동의 명예본부장이신 사랑실천가의 진솔한 고백이 이 책에 담겨 있습니다. 놀라운 기적은 매순간 임하고 깨달아지는데 이 땅에 밥 굶는 이 없을 때까지 호흡하는 그 순간까지 그 기적이 멈추게 되는 일이 없다는 것입니다.

이 책을 읽는 동안 기적이 아닌 일이 없는 우리의 일상을 되돌아보게 될 것입니다. 걸어온 발자국마다 매순간 순간이 기적이며 은총이었음을 가슴으로 깨닫게 될 것입니다.

이 책을 펼치시는 독자들 모두 순간마다 일상에서 일어나고 있는 참으로 놀라운 기적을 가슴 뜨겁게 경험하게 되리라 확신합니다. 아하!

2012년

-최일도 목사(시인, 다일공동체 대표)

나눔의 행복 바이러스

말보다는 행동으로 사람들을 감동시켜라.
그러면, 나눔의 행복 바이러스가 널리 널리 퍼질 것이다.

'나눔 전도사!'

주변에서 나에게 붙여준 별명이다. 물론 분에 넘치는 격려성 별칭
으로 생각한다.

나는 틈날 때마다 주위 사람들을 붙잡고 나눔이 안겨주는 기적
에 대해 권면한다. 사실 권면이라기보다는 거의 협박 수준으로 강조
하며 이야기한다. 그도 그럴 것이, 일단 한번 발을 들여놓기만 하면
자기도 모르게 진한 감동에 흠뻑 빠져들기 마련이니······.

그러나 시작은 쉽지 않다. 아무래도 내 것을 먼저 주어야 하기 때
문에 사람들을 망설이게 하는 것 같다. 그런 걸 보면서 안타깝다는
생각이 든다.

사실 '나눔'이라는 것은 단순해 보이지만 그렇지 않은 것 같다.

단순히 내가 가진 것을 남에게 나눠 준다는 생각만 가지고서는 선뜻 첫발을 내딛기가 쉽지 않다. 나누게 되면 주는 것보다 더 많은 것을 채울 수 있다는 확신이 없기 때문이다.

따라서 나눔을 시작하려면, 무엇보다 먼저 베풀면 곧 채워진다는 강한 확신과 절대적 믿음이 필요하다. 하지만 우리 대다수는 그 같은 원리를 쉽게 확신하기가 어렵다. 그저 내가 가진 것을 뚝 떼어내 남에게 준다는 생각이 앞서기 때문이다. 하지만 내가 가진 것을 남에게 나눠주는 행위는 외부로부터 무언가를 받아들일 준비가 되어 있다는 의미도 함께 포함되어 있다.

예를 들면 이미 가득 차 있는 항아리에 계속 물을 부으면 그 항아리는 이를 받아들이지 아니하고, 자꾸 흘려보낼 수밖에 없을 것이다. 따라서 외부로부터 새로운 것을 받아들이기 위해서는 가득 찬 항아리의 물을 퍼내지 않으면 안된다.

이렇게 생각해 보니 내 것을 먼저 나눠야 새것을 받아들일 수 있다는 나눔의 원리는 뜻밖에 간단하게 정리가 된다. 물론 새것이 필요 없이 이미 있는 것으로 족하다고 생각하는 사람들도 있을 것이다. 나는 경제적으로 부유하게 살아오지는 못했지만 내 분수에 맞는 삶을 살아오면서 느낀 것은 분명 이 세상에는 나보다 못한 어려운 이웃이 더 많다는 것이다. 만약 내가 이들을 나 몰라라 한다면

이 세상은 어떻게 될까?

그럼에도 사람들이 나눔을 꺼리는 이유는 앞에서도 이야기했듯이 먼저는 내가 가진 것이 줄어든다는 불안감이 만연해 있기 때문이라고 본다. 그래서 많은 사람들이 아예 나눔 자체에 관심을 가지려고 하지 않는다.

나름대로 이해는 간다. 시대적으로 어려운 경제 환경에서 살아온 우리 대부분은 선대로부터 받은 악착같이 살아야 한다는 독한(?) 정신교육 때문에 어려운 이웃에게 나눠준다는 생각을 쉽게 가질 수가 없었던 것으로 생각된다.

그러므로 나눔을 생활화하고 이를 실천하기 위해서는 어릴 때부터 자연스럽게 몸에 밸 수 있도록 끊임없는 생활 교육이 필요하며 아울러 사고의 틀도 바꾸어야 할 것이다.

"나눔이요? 지금은 생활비 대기도 빠듯해요. 나중에 좀 더 여유가 생기면 그때 기부든 뭐든 할게요."

"1억? 5억? 아니, 한 10억쯤 생기면 그때 할게요. 아직 나는 내 집도 없고, 차도 좀 큰 걸로 바꿔야 하고, 애들 교육에 들어갈 돈이 많아요."

내 경험에 의하면 이런 말들은 기부나 나눔을 할 의사가 없다는 뜻으로 들린다.

그럼에도 분명한 것은 나눔과 섬김에는 무엇과도 바꿀 수 없는 진한 감동이 있다는 것이다. 일단 실천해보면 어떨까요? 나조차도 처음에는 몹시 궁금해하던 차에 우연히 서울 청량리에 있는 다일 밥퍼 나눔운동본부(대표 최일도)에서 줄기차게 주장하는 이야기를 듣고 그 해답을 찾았다.

다음의 다섯 가지 원칙만 잘 따른다면 당신도 분명 나눔의 전도사가 될 수 있다는 진리를.

첫째. 지금부터 시작하라.

둘째. 여기서부터 시작하라.

셋째. 나부터 시작하라.

넷째. 작은 것부터 시작하라.

다섯째. 실천 가능한 것부터 하라.

이상의 다섯 가지 나눔의 원칙을 실천해보면 누구나 나눔의 기쁨을 맛볼 수 있을 것이다. 그러나 나는 여기에 한 가지 중요한 원칙을 추가로 제시하고 싶다. 그것은 바로 '지속적으로 나누자'는 것이다. 꾸준하게 지속적으로 위 다섯 가지의 원칙을 실천해 보자는 것이다.

일단 나누고자 마음을 먹었다면 시기를 정하지 말고 지금 당장 실천에 옮겨보자. 돈이 어느 정도 모인 다음에, 바쁜 일이 마무리된 다음에 하겠다고 마음을 먹고 있다면 당신은 나눔을 실천할 기회를 영원히 잃게 될 것이다. 생각을 실천으로 옮기는 시간이 짧으면 짧을 수록 당신도 나눔의 전도사가 될 가능성은 점점 커진다는 의미이다.

되돌아 보면, 우리 주위에는 당신의 도움이 필요한 곳이 의외로 많다. 일부러 멀리 해외로 눈을 돌릴 필요도 없다. 지금 당장 가까운 곳의 어려운 이웃을 찾아보자. 그것이 어려우면 가까이에 있는 나눔의 전문 사역자를 찾아 도움을 청해보자. 그리고 작은 것부터 시작해보자. 무엇보다 지속적으로 해보자. 그러면 확신컨대 당신이 만든 나눔의 행복 바이러스는 분명 감동이 되어 당신과 이웃을 통해 널리 널리 퍼져 나갈 것이다.

그리고 나눔은 나 혼자보다는 내가 사랑하는 사람들과 함께 하면 시너지 효과가 더 클 것 같다. 나는 내 사랑하는 아내(유영혜 석성 장학재단 이사장)와 함께 우리 나름대로의 나눔을 열심히 그리고 즐거운 마음으로 하고 있다. 덕분에 우리 부부에게 주어지는 감동이 날마다 넘쳐나 매일 매일 감사하며 살아가고 있다.

여보, 고맙고 사랑해. 나의 나눔 사역에 영원한 동반자가 되어주어서……

2014년 봄, 어느 늦은 밤에

조용근

contents

추천사 1 · 4

추천사 2 · 7

프롤로그 · 9

1 어둠 속에 비치는 한 줄기 빛

나눔 전도사 · 18

내 생일은 6월 25일 · 24

들쥐와 삶은 보리쌀 · 31

절망 가운데 피어난 희망 · 39

오직 내가 할 수 있는 일 · 46

눈물 흘리는 건 오늘뿐 · 53

내 운명을 결정지어 준 신문기사 하나 · 61

2 세상을 향해 날개를 펴다

포기할 수 없는 학업에의 꿈 · 66

말은 제주도로, 사람은 서울로 · 72

연이은 이별의 슬픔 · 77

평생의 인연 · 84

어렵고 유혹이 많았던 국세공무원 시절 · 88

아들아! 네가 사랑스러운 20가지 이유 · 96

한국세무사회 회장선거에 출마하다 · 105

몽골에 전파한 세무사제도 · 116

3 마태목장 이야기

가정교회에 대한 갈망 · 122

마태목장의 탄생 · 128

참된 믿음을 심기까지 · 132

먼저 주면 그것보다 넘치게 주신다 · 138

4 나눔으로 세상을 밝히리라

석성(石成)장학회는 희한하네요 · 147

세무법인 석성(石成)의 탄생 · 151

밥퍼나눔운동을 함께 하다 · 158

중증장애인을 위한 '석성1만사랑회'의 기적 · 167

천사들이 지은 '사랑의 쉼터' · 171

아내와의 갈등에서 시작된 '치유상담대학원대학교' 설립 · 178

천안함재단 이사장의 사명 · 183

5 내 삶을 바꾸는 비밀

젊은 층에 확산되는 기부문화 · 190

나눔에 국경은 없다 · 194

격려와 칭찬이 주는 힘 · 204

나눔의 감동은 검찰청 앞마당까지 · 210

'감동공장 공장장' · 213

하나님의 나눔 수학교실 · 221

에필로그 · 226

1장

어둠 속에 비치는 한 줄기 빛

나눔 전도사

　내게는 30년이 넘도록 갖고 있는 보물 하나가 있다. 작은 '철제 저금통'이다. 세무공무원 시절 선물 받은 이 작은 저금통은 나의 인생을 바꿔놓았고, 나에게 '나눔 전도사'란 별명을 갖게 해 준 출발점이 된 귀중한 선물이었다.

　2011년 3월이었다. 미국 뉴욕에 거주하고 있는 한인상공인들이 '상공인의 밤' 행사를 크게 여는데, 내게 특강을 해달라는 요청을 해왔다. 한인상공인들이 그동안 사업하느라 바쁜 삶을 살아왔는데, 경제적으론 성공했음에도 마음이 허하고 무엇인가 부족한 것 같으니 앞으로 어떻게 살아야 할 것인가에 대해 강의해 달라는 주문이었다.

나는 강의 요청을 받고 곰곰이 생각해 보니 그 부분에 대해서는 할 얘기가 충분히 많을 것 같았다. 지금까지 살아온 것과는 완전히 다른 삶을 산다는 것, 듣기만 해도 얼마나 가슴 뛰는 일인가. 주제가 일단 마음에 들어 특강을 하기로 했다.

나는 초청받은 상공인의 밤 행사에서 가난하고 어렵게 살아온 지난 어린 시절 이야기와 그동안의 나눔 생활을 통해 나의 삶이 훨씬 풍요롭고 가치 있게 변했음을 소개했다.

무엇보다 지금 내가 펼치고 있는 여러 나눔의 사업이 얼마나 많은 사람들에게 유익이 되고 있는지를 알리고 구체적인 과정을 실감 나게 이야기하자 기립박수가 터져 나왔다.

주최 측도 내 강의에 큰 호응이 있자, 강사 섭외를 잘했다고 생각했는지 아주 만족해하는 눈치였다. 그 어떤 훌륭한 강사가 와도 이렇게 마음이 굳어진 상공인들을 집중시키고 기립박수까지 받진 못했을 거라고 했다.

또 이 행사에서 박성양 한인상공회의소 이사장과 진신범 회장으로부터 2012년도에 LA에서 열릴 '전(全) 미주지역 한인상공인 지도자대회'에서 이틀간 강의를 해달라는 앙코르 특강 요청까지 받았다.

참고로 나는 공직에 있을 때부터 강의를 많이 해온 편인데 그때부터 내 나름대로 터득한 강의 기법이 있어 강의할 때는 쉽고 가볍게 강의를 시작하여 천천히 청중의 마음 문을 열게 한 뒤 끝 부분에 가서는 모두들 공감할 수 있도록 하는 자세로 한다. 즉, 내가 지금 하고 있는 것, 내가 몸소 느낀 것, 또 성공했던 것보다 실패하고

2011년 3월 29일, KBS 아침마당 출연

좌절한 것들과 내가 고통받고 힘들었던 것들을 솔직하게 털어놓으
면 공감의 폭이 훨씬 높아지고 호응도 크다는 것을⋯⋯. 결론적으
로 내가 많이 허물어질수록 청중들은 그만큼 많은 공감대가 형성되
는 것 같았다.

　이 무렵 KBS에서 연락이 왔다. 주부들이 많이 시청하는 '아침마
당'에 출연해 달라는 것이었다. 김재원, 이금희 아나운서가 진행하는
이 프로는 여러 패널들과 함께 주제별로 이야기를 나누기도 하지만
매주 화요일만은 '화요초대석'이란 이름으로 명사를 초청해 이야기
를 듣는다.

　내가 화요일 초청강사가 된 것이다. 공중파 방송을 통해 많은
분들에게 '나눔 전도사'의 사명을 또 한 번 펼칠 수 있을 것이라는
생각에 마음을 다지고 준비도 나름대로 열심히 했다. 아침 생방송
으로 진행되는 KBS방송국으로 향하면서 마음속으로 조용히 기도

했다.

"하나님. 전 국민이 보는 인기 프로그램에 출연합니다. 실수하지 않고 저의 진심이 제대로 전달되는 시간이 되게 하여 주옵소서. 방송을 보는 시청자들이 나눔과 섬김에 관심을 갖고 실천으로 옮기는 삶을 살게 해 주옵소서."

아침마당에서 30분 정도 가난하고 고통받던 어린 시절에서부터, 공무원이 되고 국세청 고위직에 오르며 또 은퇴 후 오늘날 '나눔 전도사'가 되기까지의 삶을 진솔하게 털어놓았다. 배고팠던 어린 시절 이야기를 할 때에는 두 아나운서와 방청객 모두가 눈시울을 붉히며 눈물을 훔쳤다.

또 내가 30년 이상 갖고 있는 작은 철제 저금통을 들어 보이면서 "세무공무원 시절 선물 받은 이 작은 저금통이 나눔을 실천하게 해준 출발점"이었고, "동전으로 시작한 나눔이 천 원, 만 원으로 발전했으며, 나부터, 작은 것부터, 지금부터 나눔을 실천해오고 있다"고 이야기했다. 이야기를 마치고 나자, 박수가 터져 나오며 감동의 물결이 이는 것을 피부로 느낄 수 있었다.

역시 공중파의 위력은 대단했다. 방송을 끝내자마자 나를 아는 많은 지인들로부터 전화가 걸려오기 시작하는데 정신이 없을 정도였다. 모두들 하는 이야기가 내가 하고 있는 나눔 사역에 대한 큰 도전을 받았다는 것이었다.

내가 나눔 전도사가 되어 활동해온 것은 알았지만 KBS라는 방송매체를 통해 인정을 받게 되자, 주위 모든 분들이 정말 귀한 일을 하고 있다며 축하해 주었다.

이때부터 강의요청도 쇄도했다. 그러나 일일이 다 갈 수는 없었고 꼭 가야 하는 곳만 선별하는 일도 매우 어려웠다. 그렇지만 메모를 해 나중에 시간이 되면 꼭 가겠노라고 약속을 했다. 내 강의를 통해 단 한 사람이라도 나눔에 관심을 갖고 참여하게 된다면 우리 사회는 그만큼 더 훈훈해지고 살맛 나는 세상이 될 것이기 때문에.

사람들이 내가 하는 강의에 울고 웃고 하는 이유는 무엇일까? 특별히 내가 달변가여서는 아닐 것이다. 단지 내가 살아오고 체험한 내용을 아무런 포장도 없이 솔직하게 표현해서 나의 진심이, 그리고 열정이 고스란히 청중에게 전달되었기 때문이라고 생각한다. 사람들의 마음속에 어떤 새로운 변화의 작은 물결이 일어나게 했기 때문이라 믿는다.

사람들은 자신만의 굳어진 가치관을 갖고 있다. 또 그 세계가 진리라고 믿고 웬만해서는 그 틀을 깨지 않으려고 한다. 그러나 다른 사람들의 강연이나 책을 통해 큰 감명을 받으면 자신의 평소 생각이나 가치관도 변하게 될 것이다.

나는 나눔과 섬김에 대한 가치관을 변화시키는 것에 내 강의의 초점을 맞추려고 노력한다. 그래서 강의를 들은 청중들이 내 생각을 이해하고 동참해야 한다고 생각했다면 그것으로 내 강의는 일단 성공을 거둔 것이다.

그렇게 노력하다 보니 '나눔 전도사'라는 별명이 붙었다. 나는 이 별명이 얼마나 자랑스러운지 모른다. 그때부터 나는 나에게 붙여준 나눔 전도사의 사명과 역할에 최선을 다하며 살아갈 것을 소망한다.

사람은 잘 변하지 않는 동물이지만, 변화가 올 때에는 기회는 아주 작은 일에서부터 찾아오는 법이다. 그 기회를 많은 사람들에게도 나누어 주고 싶다. 새로운 세상을 경험할 수 있는 그 소중한 기회를 조금이라도 더 많은 사람들에게 갖게 하고 싶다. 이것이 내가 이 글을 시작하는 이유이며 또한 사명이기도 하다.

늘 특별할 것 하나 없는 일상 속에서 그저 무미건조한 삶을 살아가고 있다고 생각한다면, 지금부터 하는 내 이야기에 귀 기울여 주었으면 한다. 왜냐하면 기적의 비밀이 여기에 숨어 있기 때문이다.

내 생일은 6월 25일

　내 이야기는 참 힘들었던 시절로 거슬러 올라간다.

　1946년 6월 25일, 동족상잔의 비극이 한반도를 붉게 물들이며 이 땅에 씻을 수 없는 상처를 남겼던 6.25전쟁이 발발하기 4년 전이었다. 나는 경상남도 남단에 위치한 진주에서 태어났다. 오랜 일제의 압박이 끝나고 조국해방이 된 지 1년이 채 지나지 않은 어느 날이었다.

　아버지는 함안 조씨 집성촌인 경상남도 함안군 법수면 내송리에서 평범한 농사꾼의 아들로 태어났다. 평생 밭을 갈고, 돼지를 치는 고된 농사꾼의 아들로 태어난 아버지는 지독한 가난과 집요한 일본인들의 수탈을 피해, 무작정 일본으로 건너갔다.

　아버지는 일본에서 조선인이라는 이유만으로 온갖 핍박을 받으며, 오직 살아야겠다는 일념 하나로 하루하루를 버텼다. 돈이 되는 일이라면 안 해본 일이 없었다. 매일 겨우 허기를 달랠 수 있는 양의 음식만이 아버지에게 주어졌고, 지붕이 없는 곳에서 새우잠을 자야 하는 일이 허다했다. 매일 배고팠고, 매일 추위에 온몸을 떨어야만 했다.

그러나 무엇보다도 아버지를 힘들게 했던 건 고향에 대한 그리움이었다. 마을 뒷산의 그늘이 온 마을을 뒤덮고, 뽀얗게 먼지를 일으키며 흙길을 따라 걷는 소의 워낭소리, 한적한 고향 마을의 고즈넉한 풍경이 아버지를 고통스럽게 했다.

그래도 아버지는 희망을 잃지 않았다. 하루하루를 아무 탈 없이 살아내야만 하는 일이 숙명과도 같이 아버지의 목을 졸라댔지만, 오히려 극한의 상황이 아버지를 더욱 강인하게 만들어 갔다. 왜냐하면 아버지에게는 반드시 돌아가야 할 고향이 있었기 때문이다.

아버지에게 반드시 살아남아야 하는 이유가 하나 더 있었다. 힘든 하루하루 속에서도 입가에 미소를 짓게 하는 여인, 그 여인의 이름은 강성이였다.

그녀 역시 가혹한 일제의 수탈을 피해 일본으로 도망치는 배를 탔다고 했다. 같은 조선인이었고, 더군다나 같은 고향사람이었다. 그렇게 아버지와 어머니는 먼 타국 땅에서 운명처럼 만났다. 아버지와 어머니는 딱히 의지할 곳 없는 일본에서 서로 믿고 의지하며 조금씩 마음을 나누어 갔으며, 결국 결혼했다.

당시 직조공장의 공원으로 일했던 아버지는 한 곳에 적을 두지 않고 일했던 시절보다 수입도 많아지고, 생활도 점차 안정되어 가기 시작했다. 힘들고 배고픈 시절이었고, 새우잠을 자야 할 정도로 비좁은 집이었지만, 돌아갈 곳이 있었고 늘 지친 몸을 보듬어 달래주는 아내가 있었기에 마음속에 자리했던 절망은 어느새 희망으로 바뀌어 가고 있었다.

아버지와 어머니는 그곳에서 형과 누나를 낳았다. 식구가 하나둘 늘기 시작하면서 가족에 대한 책임감이 늘 아버지의 어깨를 짓눌렀다. 사흘을 일해도 하루를 먹을 수 없는 상황이 빈번했다. 또 어머니의 얼굴은 점차 빛을 잃어 어두워져만 갔고, 형과 누나는 배고픔으로 눈가에 눈물이 마를 새가 없었다.

아버지는 하루하루를 고통 속에서 버티는 가족을 보고도 아무런 대책을 마련할 수 없는 무력감과 절망감에 홀로 눈물을 흘렸다. 오직 자신만 바라보고 있는 가족에 대한 부담감 때문에 몇 번이고 도망치려 했었다. 하지만 힘없는 아내와 눈에 넣어도 아플 것 같지 않은 두 아이가 떠올라 더욱 이를 악물고 일터로 나갈 수밖에 없었다.

그렇게 하루하루가 고통 속에 이어지던 어느 날이었다. 일본 천황이 무조건 항복을 하겠다는 내용의 항복선언이 라디오 전파를 타고 흘러나왔다. 순식간에 일본 전역은 충격에 빠지지 않을 수 없었다.

제2차 세계대전에서 패망한 일본은 본토에 핵폭탄이라는 씻을 수 없는 상흔을 남기고 무조건 항복을 선언했다. 일본 열도는 온통 울음소리로 가득 찼고, 조국 대한민국에는 '대한독립만세'라는 함성과 함께 태극기가 방방곡곡에 물결쳤다.

'이젠 나도 고향에 돌아갈 수 있다.'

아버지는 조국의 해방 소식을 접한 뒤 바로 고향으로 돌아가야겠다는 꿈에 부풀었다. 조국으로 돌아만 간다면, 고향으로 돌아갈 수만 있다면, 그동안 겪어야 했던 나라 잃은 백성의 설움이 한꺼번에 해소되리라 믿었다.

아버지는 그렇게 한껏 부푼 꿈을 안은 채 가족과 함께 조국으로 떠나는 배에 올라탔다. 하지만 아버지를 기다리고 있는 조국의 현실은 그리 녹록하지 않았다. 기나긴 세월 동안 일제의 가혹한 수탈과 모진 풍상을 겪어내야 했던 조국은 청운의 꿈을 안고 돌아온 아버지를 그렇게 따뜻하게 맞아줄 수 있는 형편이 되지 못했다.

그토록 그리워하던 고향땅에서 아버지를 기다리고 있는 것은 이제 잘 살 수 있다는 희망과 따뜻함이 아니라, 극심한 기근과 고통이라는 차디찬 현실이었다.

아버지는 경상남도 진주시 칠암동 천전초등학교 근처에 거처를 마련하였다. 그곳에서 작은아버지가 자그마한 문방구를 운영하고 있었기 때문에 거기에 정착하신 것이라 했다.

아버지는 닥치는 대로 일했으나 지극히 내성적이고 사교성이라곤 전혀 없었던 분으로, 손대는 일마다 제대로 되는 일이 없었다. 낯선 이국땅에서 강제로 겪어야 했던 타향살이의 고통은 사라지고 없었지만, 매일 뱃가죽을 쥐어뜯는 듯한 배고픔과 싸워야 했다. 배고프다고 목이 터져라 서럽게 우는 두 아이의 모습을 그저 바라볼 수밖에 없다는 무력감은 아버지를 더욱 힘들게 했다. 그것은 마치 날이 선 송곳으로 가슴을 후벼 파는 듯한 고통과도 같았다. 아버지는 그때마다 마음을 다잡으려고 했지만, 이제 막 해방된 조국의 현실은 살아남은 자에게 그저 고통의 나날을 안겨다 주었다.

나와 남동생은 아버지가 고향으로 돌아와 처음 자리를 잡은 바로 그곳에서 태어났다.

나는 지금까지 단 한 번도 내 생일을 잊고 지나간 적이 없다. 왜냐하면 그날은 잊을 수 없는, 바로 6월 25일이기 때문이다.

내가 태어나고 정확히 4년 후인 6월 25일 새벽 4시, 고막이 찢어지는 굉음과 함께 포탄이 38선을 넘어 여기저기에 떨어졌고, 순식간에 수도 서울은 불길에 휩싸였다. 6.25전쟁이 발발한 것이다. 당시 내 나이 다섯 살. 다섯 번째 생일을 맞이하는 날 아침밥을 먹기도 전 꼭두새벽의 일이었다.

이후 내 생일이 되면 '상기하자 6.25', '잊지 말자 6.25' 등의 문구가 적힌 포스터가 거리 곳곳을 수놓았고, 시민들은 붉은 띠를 두르고 구호를 외치고 노래를 부르며 도시에 고압적인 분위기를 형성해 갔다. 그래서 나는 지금까지 '오늘이 내 생일이구나'라는 걸 단번에 알 수 있었던 것이다. 참 씁쓸한, 그리고 다시는 떠올리기 싫은 기억이다.

세 번의 혹독한 겨울을 이겨내고 3년간이나 이어졌던 6.25전쟁은 이 세상에 남은 모든 걸 앗아갔다. 국군과 북한군의 밀고 밀리는 대치상황 속에서 사람들의 민심은 극으로 치달았고, 결국 서로 간의 살육전으로 이어졌다. 하루에도 몇 번씩 마을의 주인이 바뀌는 상황이 이어졌고, 패권을 잡은 사람들은 서로가 서로를 고발하며 단지 살기 위한 몸부림으로 바뀌어갔다.

인민재판에 강제로 끌려나온 사람들은 흥분하여 눈이 뒤집힌 사람들에게 죽창으로 온몸이 난자당해 피를 토하며 꼬꾸라지고, 다시 저녁이 되면 죽창을 들고 인민재판을 주도하던 사람들이 국군의 총칼에 시커먼 주검이 되어 마을 곳곳에 버려졌다.

당시 아버지는 아직 젊은 나이였기 때문에 인민군 자원입대 대상자로 분류되었다. 하루에도 몇 번씩 아버지를 찾는 사람들이 험악한 분위기를 연출하며 집에 드나들었고, 아버지는 마루 밑에 구덩이를 파놓고, 그 안에서 주먹밥을 먹으며 숨어 지냈다.

그러던 어느 날 아버지는 모두가 잠든 한밤중에 마루 밑에서 나와 가족들을 불러모았다.

"더 이상 안 되겠다. 이렇게 숨어만 있는다고 해결될 문제는 아닌 것 같다. 그렇다고 살아 돌아온다는 보장도 없이 인민군 군대에 끌려가 개죽음을 당할 순 없다. 일본으로 다시 가야겠다. 가서 전쟁이 끝날 때까지 미친 듯이 돈을 벌어 이 지독한 가난을 면하겠다. 반드시……."

아버지는 아내와 네 명의 자식을 고향에 두고 밀항선을 타야 하는 자신의 처지를 한탄하며 연신 눈물을 흘리셨다. 남편이 자신과 네 명의 어린아이들을 남겨두고 떠나는 어쩔 수 없는 상황에 직면한 어머니는 절망감과 두려움에 눈물조차 흘리지 못했다. 군데군데 기워 이제는 옷이라고도 할 수 없는 누더기 치마를 부여잡고 서럽게 울고 있는 아이들을 바라보며 어머니는 그저 다짐하고 또 다짐하는 수밖에 없었다.

'그래도 버텨내야 한다, 전쟁이 끝나고 남편이 돈을 벌어 다시 이

곳으로 돌아올 때까지 이를 악물고 버텨내야 한다.'

결국 3년간의 전쟁은 우리 가족을 다시 극한의 상황으로 내몰고 말았다. 아무리 어쩔 수 없는 상황이라지만, 한 집안의 가장인 아버지가 없는 가족의 몰골은 처참했다. 전쟁은 언제 끝날지 모르고, 아버지가 언제 돌아올지는 더더욱 모를 일이었다. 다시 우리 가족은 전쟁의 두려움과 매일매일 이어지는 배고픔과의 싸움 한가운데로 내동댕이쳐졌다.

들쥐와 삶은 보리쌀

　집집마다 강제로 징집되거나, 군인들의 눈을 피해 마을을 떠난 남자들로 인해 울음소리가 끊일 새가 없었다. 3년 동안 지속된 전쟁으로 민심은 흉흉해졌고, 곳곳에 지아비를 잃은 여자와 부모를 잃은 고아들이 넘쳐났다.

　전쟁도 전쟁이었지만 무엇보다 힘들었던 건 끊임없이 뱃속에서 우리를 쥐어짜며 괴롭히던 배고픔과의 싸움이었다. 한창 클 나이에, 뒤돌아서면 배고픈 창창한 나이에 우리는 온종일 먹을 것을 찾아 들판과 산을 돌아다니며 헤매야 했고, 그러다 지치면 울면서 잠드는 날이 많아졌다.

　어머니는 배고픔에 지쳐 울다 잠든 우리 네 남매의 얼굴을 내려다보고 있었다. 이대로 있다가는 그저 죽을 날만 기다리는 산송장에 지나지 않았다. 어머니는 용단을 내려야 했다. 아무래도 전쟁이 쉽게 끝나 줄 것 같지 않았다. 언제 아버지가 돌아올지 모를 일이었다.

결국 어머니는 집을 떠나기로 마음먹었다.

"외가로 들어갈 것이다. 아버지는 전쟁이 끝나면 반드시 만날 수 있을 것이다. 우린 아버지가 돌아오실 때까지 반드시 살아 있어야 한다. 먼 타국에서 힘들게 번 돈을 가지고 집을 다시 찾을 때까지. 아버진 반드시 돌아오신다."

어머니는 그 길로 우리 네 남매를 데리고 경상남도 의령군 용덕면에 있는 외가로 들어가셨다. 하지만 불행히도 상황은 그리 나아지지 않았다.

당시 대부분의 농촌은 초근목피(草根木皮)로 근근이 하루하루를 연명하고 있었다. 도시도, 농촌도 아직 전쟁이 끝나지 않은 한반도 전역이 기근과 곡소리로 가득한 때였다.

그 난리 통에 어디인들 편안하게 살 수 있겠는가. 외가라고 전쟁을 피해갈 수 없었다. 하루하루 나무껍질과 풀뿌리로 겨우 끼니를 때우는 외가 식구들에게 네 명의 아이를 앞세운 어머니의 존재가 어찌 달가울 수 있겠는가. 우리는 어서 오라, 잘 왔다는 인사 대신 한숨과 원망 섞인 외가 식구들의 푸념을 들을 수밖에 없었다. 당시 어린 나이였음에도 불구하고, 외가 식구들의 따가운 시선을 나 역시 고스란히 느낄 수 있었다.

우리는 외삼촌이 내어준 작은 문간방 하나를 겨우 얻어 더부살이 생활을 시작했다. 외가 식구들의 눈총을 받으며 마치 하인처럼 이 일, 저 일을 해내야만 했던 어머니는 먼 타국에 있는 아버지를 그리며 홀로 우시는 날이 많았다.

그러던 중 결국 사달이 났다.

나와 이제 태어난 지 두 해가 갓 지난 남동생이 심한 영양실조에 걸려 방 한쪽 구석에 누워 죽을 날만 기다리게 된 것이다. 형과 누나는 여기저기 돌아다니며 얻어먹어서인지 괜찮았는데, 나와 어린 남동생은 그만 심한 양양실조 상태가 되었다.

나도 그랬지만 특히, 남동생의 병은 이미 상당히 진행된 상태였다. 아직 어린 나이임에도 불구하고 매 끼니를 거르다시피 하더니, 위와 식도가 쪼그라들어 급기야 음식 자체를 목으로 잘 넘기지도 못하고, 소화도 시키지 못하는 지경에 이르렀다. 나와 남동생은 날이 갈수록 뼈가 앙상하게 드러나고 복수가 차올랐다.

어머니는 이런 나와 남동생을 바라보며 하염없이 울었다. 당시 어머니가 유일하게 할 수 있는 일이라고는 어린 우리들을 바라보며 그저 눈물을 흘리는 일밖에 없었다. 그 누구에게도 기댈 수 없는 상황이었고, 아무도 우리를 구원해주지 못했다.

그러던 어느 날이었다. 어머니는 참기름 냄새가 가득 밴 고기를 들고 들어오셨다. 나와 동생을 먹이기 위해서였다. 나 역시 영양실조 상태였지만, 겨우 소화는 시킬 수 있어 천천히 씹어가며 조심스럽게 목구멍으로 넘길 수 있었다.

하지만 동생은 어렵게 구해온 음식을 앞에 놓고도 전혀 먹지를 못했다. 어머니가 직접 고기를 씹어 남동생 입에 넣어줬지만 금세 토하고 말았다. 시장이 반찬이라고 하지만 참기름 냄새가 가득 밴 그

고기의 맛을 나는 지금도 잊을 수가 없다.

얼마 후, 동생은 결국 영양실조로 세상을 떠났다. 형과 누나 그리고 나는 남동생의 죽음을 목도하고 깊은 슬픔에 빠졌다. 그저 하염없이 울 수밖에 없는, 그게 당시 우리가 할 수 있는 유일한 것이었다. 그 느낌의 정체가 무엇인지 그때는 알 수 없었지만 지금에 와 생각해 보면 아마도 한없는 무력감과 두려움, 바로 그것이었다. 정체를 알 수 없는 죽음에 대한 공포 역시 그때 처음으로 느꼈다.

하지만 어머니는 남동생의 주검 앞에서 결연한 표정을 짓고 계셨고, 더 이상 눈물을 흘리지 않으셨다.

한참 후에야 안 사실이지만, 그날 동생이 끝내 목으로 넘기지 못했던, 그리고 내가 그렇게 맛있게 먹었던 그 구수한 참기름 냄새 가득 밴 고기는 다름 아닌 '들쥐'였다.

기나긴 추위가 지나가고 어느 여름날 밤에는 이런 일도 있었다. 그날따라 형과 나는 유독 배가 고파 잠을 이루지 못했다. 그러다 갑자기 우리 형제의 뇌리를 스쳐가는 것이 있었다. 본채 부엌에 보리쌀을 삶아 건져 놓은 소쿠리였다. 형과 나는 동시에 자리에서 벌떡 일어났다.

"조금만 먹으면 될 끼야. 티 나지 않게, 허기만 달랠 정도로 아주 조금만 몰래 먹고 오자이."

형이 두 눈을 반짝이며 말했다.

"그러다가 걸리면 외할배한테 많이 혼날 텐데……"

나는 대뜸 걱정부터 앞섰다.

"그러면 니는 여기 있어. 나 혼자 먹고 올 테니."

형은 덮고 있던 이불을 내던지고 까치걸음으로 살금살금 방을 빠져나갔다. 나는 방을 빠져나가는 형의 뒷모습을 보면서 고민했다. 만일 걸리기라도 한다면 외할아버지에게 혼쭐이 나는 것은 물론, 어머니가 어렵게 부탁을 해서 얻은 문간방에서 쫓겨날 수도 있는 상황이었다. 어린 나이였음에도 우리 가족이 그래도 모여 살 수 있는 문간방이란 존재는 소중하게 느껴졌나 보다.

그때 배에서 '꼬르륵~'하는 소리가 들렸다. 배고픔은 인간의 이성으로 참을 수 있는 것이 아니었다. 나는 어느새 형의 뒤를 따라 발뒤꿈치를 들고 소리 없이 방을 나서고 있었다.

부엌에는 과연 삶은 보리쌀이 한가득 담겨 있는 소쿠리가 있었다. 당시에는 식량이 무척 귀했던 때라, 보리쌀과 풀을 섞거나 쌀을 조금 넣어 가마솥 한가득 죽을 끓여 며칠씩 끼니를 때우곤 했다. 보리쌀과 풀, 그리고 쌀에 비해 워낙 많은 물을 넣고 죽을 끓이기 때문에 숟가락으로 떠먹는 게 아니라 거의 마시는 수준이었다.

형과 나는 소쿠리에 담긴 보리쌀의 형태가 변하지 않게 아주 조금만 손으로 집어 각자의 입에 가져다 넣었다. 담백한 향이 입속 가득 퍼져 머릿속을 몽롱하게 만들었다. 하지만 그건 아주 잠시뿐이었다. 곧 입안에서는 단내가 났고, 오히려 조금 전보다 더 지독한 배고픔이 뱃가죽을 당겨왔다.

우리는 잠깐 서로의 눈을 응시했다. 그것은 딱 한 입만 더 먹자는 무언의 합의였다. 형이 먼저 한 주먹 보리쌀을 집어 입에 넣었다. 처음보다 많은 양이었다. 이어 나도 처음보다 다소 많은 양을 집어들어

입속에 넣었다. 아주 잠시지만 지독한 배고픔이 사라지는 듯했다. 하지만 그 역시 처음처럼 지독한 배고픔을 달래기엔 턱없이 모자랐다.

그때부터 우리 둘은 이성을 잃고 허겁지겁 정신없이 소쿠리에 담긴 보리쌀을 입속에 쑤셔 넣기 시작했다. 외할아버지의 호통도, 어머니의 눈물도, 영양실조에 걸려 비참하게 죽은 남동생의 얼굴도 생각나지 않았다. 그때의 형과 내 눈에는 오직 소쿠리에 담긴 보리쌀만이 들어왔다.

정신없이 소쿠리에 담긴 보리쌀을 퍼먹던 손에 축축하고 울퉁불퉁한 소쿠리의 바닥이 긁혔다. 큰일이었다. 지독한 배고픔으로 이성을 잃은 형과 내가 소쿠리에 가득 담긴 보리쌀을 다 먹어치운 것이다. 그것은 외가 식구들의 하루분 식량이었다.

다음 날 아침, 세상 모르게 잠을 자고 있던 형과 나를 급히 깨우는 어머니의 목소리가 들려왔다. 밤새 삶아 놓았던 보리쌀이 전부 없어졌다는 말에 외할아버지의 벼락같은 호통이 떨어진 것이다. 형과 나는 잠도 덜 깬 상태에서 팬티 바람으로 집을 도망쳐 나왔다. 한참을 내달려 뒷산 중턱으로 올라갔다.

"형아야, 이제 어쩌지?"

형이라고 무슨 뾰족한 수가 있을 리 있겠는가. 형은 고개를 푹 숙인 채 아무 말도 없었다. 얼굴에 핏대를 세우며 호통을 치는 외할아버지의 모습이 자꾸 눈에 아른거렸다.

그렇게 한참이 지나 어느덧 해는 동천에 떠올라 우리 형제를 내리비쳤다. 형은 여전히 아무 말 없이 고개를 숙인 채 조그만 나뭇가지를 들고 땅바닥에 낙서하고 있었다. 잠시 후, 산 아래에서 어머니가 우리 형제를 부르는 소리가 들려 왔다.

어머니는 형과 내 옷가지를 손에 들고 하염없이 우리의 이름을 부르며 걸어오고 있었다. 그리고는 팬티만 걸친 채 쭈그리고 앉아 있는 형과 나를 발견하고는 한걸음에 내달려 오셨다.

"아이구, 내 새끼들. 아이구, 내 새끼들……."

어머니는 우리를 부둥켜안고 한참을 서럽게 울었다. 배고픔을 이기지 못하고 훔쳐 먹은 보리쌀 때문에 집에도 들어오지 못한 채 속옷 차림으로 산 중턱에서 쪼그리고 있는 아이들을 생각하니, 돈을 벌어오겠다고 훌쩍 떠난 아버지와 하늘 아래 내 잘 곳도, 내 먹을 것도 없이 나뒹구는 인생이 어머니는 한없이 원망스러웠을 것이다.

60여 년의 세월이 흐른 지금 당시를 회상해 보니, 그때 어머니의 심정이 얼마나 참담하였을까?

나 역시 아이들에게 남부럽지 않게 차려주고, 입혀준다고 하여도 늘 마음 한구석에 아쉬움이 남는데, 한창 먹고 뛰놀 나이에 삶과 죽음의 갈림길에 내동댕이쳐진 두 아이들을 보면서 어머니는 무슨 생각을 했을까?

두 눈에 눈물이 마를 날이 없었던 그 당시의 어머니를 떠올리면 나도 모르게 눈시울이 붉어진다.

훗날 내가 고등학교 다닐 때 호통을 치셨던 외할아버지께서 우리 집을 방문하셨는데 이렇게 말씀하셨다.

"그때 너희가 얼마나 배고팠길래 그랬을까? 나는 너희들에게 몹쓸 짓을 한 것을 지금까지도 후회하고 있단다. 용서하거라이"

그럼에도 나는 그때 그 아련한 추억을 지금도 잊지 못하고 있다.

그래서인지 지난 2011년 5월, 세무사회장의 4년 임기를 마친 후 아내와 함께 경남 의령에 있는 외할아버지 산소를 찾았다. 왜냐하면 그동안의 몹시도 아팠던 내 마음을 고백하고 싶었기 때문이었다.

"보고 싶은 외할아버지! 그때 보리쌀을 훔쳐 먹은 외손자가 왔습니다." 라고 인사를 드렸다. 갑자기 눈물이 났다. 그리고 그동안 외할아버지를 미워한 것에 대해 용서를 구했다.

"사랑하는 강상희 외할아버지, 그동안 몹시 뵙고 싶었습니다. 또, 그 어려운 시절에 우리 가족을 죽음에서 살려내주신 강신두 외삼촌을 비롯한 외갓집 식구분들, 정말 고맙습니다!" 라고 인사하며 큰절을 올렸다.

절망 가운데 피어난 희망

고통스러운 날들이 반복되던 우리 가족에게 모처럼 기쁜 소식이 날아들었다. 먼 타국에서 가족들과 다시 만날 날만을 기다리며 이를 악물고 돈을 벌고 있을 아버지, 그 아버지가 우리들 곁으로 돌아온다는 소식이었다.

아버지가 일본에서 돌아온다는 소식은 암울했던 우리 가족에게 모처럼 활기를 불어넣어 주었다. 늘 눈물 자국으로 얼룩졌던 어머니의 얼굴에도 점점 화색이 돌기 시작했고, 지금까지 외가에서 받은 설움을 단번에 날려 보내겠다는 의지가 얼굴에 가득했다. 고된 일로 늘 굽어 있던 어머니의 허리와 어깨가 펴지는 것을 그때 처음 보았다.

"너거 아부지가 일본에서 곧 오신단다!"

형과 누나, 그리고 나도 그리운 아버지의 소식에 배고픔도 잠시 잊고 이 동네 저 동네를 뛰어다니며 동무들에게 자랑하기 바빴다. 이제 지독한 배고픔도, 서러움도, 그리움도 모두 사라질 것이라는 장밋빛 희망이 우리 세 남매를 들뜨게 했다.

그러나 현실은 그렇게 호락호락하지 못했다.

양손에 돈과 음식을 가득 들고 단숨에 달려와 이 좁고 너저분한 문간방에서 구원해 줄 것이라 믿었던 우리 가족에게 청천벽력과도 같은 소식이 전해졌다. 집으로 돌아오기 위해 배를 타고 마산에 도착했던 아버지가 마산 세관을 통과하지 못하고 붙잡혔다는 것이다.

아버지는 돈을 벌기 위해 가족과 생이별을 하고 일본에 건너가자마자 그전부터 일했던 직조공장에 무작정 찾아갔다. 몇 년 전 인연을 내세워 다시 일할 수 있게 기회를 달라고 고개를 조아리려가며 부탁을 했지만, 공장장은 곤란하다며 난색을 표했다.

"무슨 일이라도 좋심더. 시켜만 주이소. 고향에는 저만 믿고 사는 가족들이 있심더."

끈질기게 애원하는 아버지에게 감동한 공장장은 결국 아버지를 채용했고, 아버지는 그곳에서 언젠가는 다시 가족들과 만나 행복하게 살 수 있을 거라는 희망을 품은 채 하루하루를 열심히 살아냈다.

고된 시간이었지만 하루하루 조금씩 불어가는 돈을 보며 아버지는 희망을 가졌다. 그렇게 3년의 세월이 흘렀다.

아버지는 그동안 일본에서 모은 돈으로 당시 한국에서 인기가 있다는 '동동구리무(로션)'와 '비로드' 옷감을 사모았다. 공장에서 일하는 동안 친분을 쌓았던 동료가 한국에 가져가 팔면 큰돈을 벌 수 있을 거라고 이야기를 해줬기 때문이다. 아버지로선 귀가 솔깃해지는 얘기였다.

아직은 돌아가기엔 좀 부족한 돈이었지만 고향에서 자신만 기다리고 있을 가족을 생각하니 더 이상 지체할 수 없었다. 고향에 돌아가서 큰돈을 벌 수 있으리라는 생각에 아버지는 마음이 급해졌다.

아버지는 공장장을 찾아가 그동안 감사했다는 인사를 전하고 그 길로 고향으로 돌아가는 배를 탔다.

'아, 드디어 고향땅을 밟게 된다……'

고국으로 향하는 배에서 아버지는 부푼 희망에 가슴이 벅차올랐다. 그동안 지아비 없이 홀로 세 명의 아이를 키우느라 고생했을 아내를 생각하니 가슴이 아려왔다. 아버지 없이 조그만 문간방에서 눈치 보느라 기가 잔뜩 죽어 있을 아이들에 생각이 미치자 가슴이 먹먹해져 자꾸만 흘러내리는 눈물을 손등으로 훔쳐냈다.

그때만 해도 아버지의 희망인 짐 보따리 속 물건들이 밀수품으로 분류되어 세관을 통과하지 못하리라는 사실은 꿈에도 생각 못했다. 가난한 농부의 자식으로 태어나 제대로 된 교육을 받지 못했던 아버지에게는 불행이 늘 그림자처럼 따라다니며 괴롭혔다. 그저 다른 사람의 말만 그대로 믿고 행동에 옮기다 큰 낭패를 보게 된 일이 많았기 때문에…….

세관 직원에게 사정을 해보았지만, 돌아오는 대답은 그 물건은 모두 밀수품이기 때문에 압수하고 아버지는 처벌을 받아야 한다는 말뿐이었다. 결국 아버지는 여기저기 청을 넣어 일본에서 들여온 물건만 빼앗기고 간신히 처벌은 면할 수 있었다.

일본에서 피땀 흘려 가며 모은 돈이 그렇듯 순식간에 사라지고 말았다. 그때 아버지가 느꼈을 허탈감을 생각하면 지금도 가슴이 아프다. 이제 배부르고 따뜻하게 살 수 있다는 우리 가족의 기대도 모두 허공으로 날아가 버렸음은 물론이다.

돈을 벌어 오겠다며 떠난 아버지는 그렇게 빈손으로 돌아왔다. 하지만 우리는 아버지와 다시 같이 살 수 있다는 것만으로도 행복했다.

아버지가 돌아온 후 우리 가족은 더 이상 외가에 머물 수 없었다. 외가 식구들의 홀대가 더는 견딜 수 없을 만큼 심해진 탓도 있었지만, 처음 외가에 몸을 의탁할 당시 '아버지가 돌아오실 때까지만'이라는 전제조건이 붙었기 때문이다.

우리 가족은 정든 외갓집 문간방을 떠나기 위해 다시 짐을 쌌다. 문간방살이에 대한 기억은 어린 마음에도 다시는 떠올리기 싫을 만큼 혹독했지만, 꼭꼭 여민 짐을 들고 방을 나서는 순간 조금 서운한 마음이 들기도 했다.

아버지는 우리를 데리고 대구시내 변두리 지역인 비산동으로 이사했다. 당시 그곳은 조그마한 직물공장들이 많이 모인 지역이었다. 아버지가 일본에서 베 짜는 기술자로 일했던 경력을 인정받아 직물공장에 겨우 취직하게 된 것이다.

비록 아버지가 3년 동안 일본에서 고생하며 모은 돈을 한순간에 날려버렸지만, 우리 가족은 대구시 변두리 지역인 비산동으로 이사를 가며 작지만 따뜻한 희망을 품었다.

대구광역시 서구에 위치한 지금의 비산동은 시내 한복판에 위치한 대구 중심가로 발전했지만 그 당시는 대구에서도 서민들이 주로 모여 사는 달동네였다. 이곳 158번지 두 칸 전세방이 우리 식구가 앞으로 살아가야 할 보금자리였다.

이사를 가느라 입학 시기를 놓치는 바람에 나는 또래보다 한 살 늦은 아홉 살이 되어서야 인근 대성초등학교에 입학할 수 있었다.

당시 아버지는 조그마한 영세 직물공장의 직공에 불과했던지라 봉급은 몇 푼 되지 않았다. 공장에서 일해 받아오는 아버지의 월급이 우리 가족의 유일한 수입이었기 때문에 그 돈으로 형과 누나, 그리고 밑으로 새로 태어난 2명의 여동생까지 모두 일곱 식구 입에 풀칠도 해야 했으니, 당시 우리 식구들의 삶은 고된 일상의 연속이었다.

힘든 일과를 마치고 돌아온 아버지는 틈만 나면 우리에게 막걸리를 한 주전자 받아오게 한 뒤 쉬어 꼬부라진 김치 쪼가리를 안주 삼아 신세를 한탄하시곤 했다. 술이 과한 날이면 술주정도 하셨는데, 그럴 때마다 형과 누나는 나를 데리고 집을 피해 나갔다가 아버지가 더 이상 술기운을 이기지 못하고 잠이 들 무렵에 조용히 집으로 들어오곤 했다.

당시 그 시절의 상황은 지금도 또렷하게 내 머릿속에 남아 있다. 외갓집 문간방에 얹혀살 때보다는 심적으로 좀 더 안정된 생활을 누리고는 있었지만, 전체적으로 보면 별반 나아진 게 없었다. 무엇보다 술 잡숫고 오시는 아버지의 모습을 보는 순간에는······.

옷은 날씨가 추워지고 더워짐에 따라 겨우 바꿔 입을 수 있는 형편이었고, 나는 형이 입다가 더 이상 작아서 입을 수 없는 옷을 물려 입는 수준이었다. 목욕은 동네 공중목욕탕에서 일 년에 딱 두 번, 설날과 추석이 되어야 묵은 때를 벗길 수 있었다. 겨울이면 그나마 세수도 제때 못해 머리와 속옷에는 이가 득실거렸다.

당시 어머니는 일요일이면 빠지지 않고 절에 다니셨다. 팔달교 근처에 있던 절로 기억하고 있는데, 어머니는 가끔 내 손을 잡고 함께 가기도 하셨다.

그러던 중 내가 초등학교 3학년 때의 일이다. 당시 우리 집 이웃에 살고 있던 아주머니께서 거의 매일같이 어머니를 찾아왔다.

"용근이 엄마. 그렇게 매주 이십 리나 되는 절에 다녀서 얻은 게 도대체 무엇인가? 다 소용없는 짓이네. 그러지 말고, 나와 함께 가까운 교회에 나가세."

어머니는 이웃 아주머니의 끈질긴 권유로 결국 교회에 다니게 되었다. 더 이상 아무런 희망도, 나아질 것도 없는 현실에서 지푸라기라도 잡는 심정으로 어머니는 이웃집 아주머니를 따라 동네 교회에 나가기 시작했으리라.

타고난 성품이 워낙 단호하고, 한 번 맘을 먹으면 끝을 보기 전에는 절대 뒤돌아보지 않던 어머니는 교회에 나가기 시작한 이후, 절에 다닐 때보다 더 열심히 교회에 출석하기 시작했다.

아무런 희망도 없이 절망만이 가득한 당신의 인생살이가 어머니를 교회에 더욱 열심히 다니게 만들었던 것이다. 답답하고 힘든 현실 속에서 어떤 절대자에 의지하지 않고는 단 하루도 살아낼 수 없었던 심정이 어머니의 신앙을 더욱 굳건히 다지게 했던 것이다.

당시만 해도 아낙네가 혼자서 외출을 할 때는 늘 어린 자녀를 데리고 다녔다. 그런 이유로 나는 특별히 어머니의 간택(?)을 받아 함께 교회에 다니기 시작했다. 주일에만 교회에 출석하던 어머니는 점차 새벽기도, 철야예배에도 참석하게 되었고, 나 또한 어머니 손을 꼭 붙들고 새벽에도 한밤중에도 어머니를 따라 교회에 나가는 횟수가 늘어났다.

때로는 두어 시간 동안 쪼그리고 앉아 있는 게 지겹고 짜증이 나서 가기 싫다며 버티기도 하였지만, 다른 교인들과 함께 박수를 치며 찬송가를 부르고, 목사님의 설교 말씀 속에서 알 듯 모를 듯 가슴을 파고드는 따뜻한 기운이 참 좋았다.

지금 돌이켜보면 하나님의 섭리가 바로 그때부터 나를 향해 움직였다는 생각이 든다. 그때 어머니와 함께 부르던 찬송가와 목사님의 설교 말씀이 내 기억 속에 차곡차곡 저장되었기 때문이다.

그때 그 교회가 지금은 그 지역 일대에서 제일 큰 교회가 되었는데 바로 '대구달서교회'이다.

우연히도 지난 2011년 3월에 미국 뉴욕에서 특강을 마치고 귀국한 그 다음 날 주일예배 때 내가 그 교회에서 눈물의 간증을 하게 되었다. 그리운 얼굴들을 반갑게 대하면서…….

오직 내가 할 수 있는 일

희망과 행복이 '사라진' 채 오직 지독한 절망만이 허락됐던 우리 가족에게 조금씩 미래에 대한 기대와 희망이 샘솟기 시작했다.

아버지가 열심히 일하고, 가족들이 열심히 절약한 덕분에 우리 가족은 두 칸 방 전셋집에서 방 두 칸짜리 집을 사서 이사하게 되었다. 아버지는 당신이 불철주야 열심히 일하고 가족들이 그 고생을 감내한 덕분이라고 말했지만, 당시 어머니와 밤낮으로 교회에 다녔던 나는 어머니의 그 눈물 어린 기도가 가족 모두에게 큰 힘이 되었다고 생각한다.

물론 당장의 형편이 조금 나아진 것뿐이지, 우리 가족은 여전히 생활고에 시달렸다. 당시 나는 학교에 가기가 좀 두려웠다. 공부가 싫다거나 숙제를 하지 않아 선생님께 혼이 날까 봐 그랬던 게 아니었다. 나는 반에서 제법 공부를 잘하는 축에 속했지만 학업과는 상관없는 일로 늘 선생님으로부터 호출을 받아야만 했다. 제때 학비를 내지 못해 교무실에 불려가야 했기 때문이다.

"조용근! 수업 끝나고 교무실로 와. 너만 학비를 안 낸 거 알아 몰라?"

선생님이 나를 호출할 때마다 친구들의 따가운 시선을 견뎌야 했다. 모두가 나를 비웃는 것 같아 몹시 괴로웠다. 그럴수록 더더욱 다른 아이들에게 지지 않기 위해 열심히 공부했다.

대성초등학교를 졸업한 나는 집에서 4km나 떨어진 경상중학교에 입학했다. 중학교에 입학한 이후로 매일 걸어 다녔다. 왕복 8km에 달하는 거리였다. 제대로 먹은 것도 없이 매일 8km나 되는 거리를 걸어 다니는 일은 여간 고통스러운 일이 아니었다. 그 어려운 여건 속에서도 초등학교에 이어 중학교 3년 동안 하루도 결석하지 않고 통학해 3년 개근상을 받을 만큼 악착같이 공부했다.

중학교 졸업식 때에는 내가 졸업생을 대표해서 답사(答辭)까지 했다. 그 장면을 보신 어머니는 한없이 우셨다. 아들에게 해준 것이 없었는데도 장한 아들이라 생각하시고……

중학교를 졸업하기 1년 전쯤의 어느 날, 아버지가 다니는 직물공장 사장 아들이 경북사대부고에 합격했다는 소식이 들렸다. 당시 경북사대부고는 대구에서 알아주는 수재들만 들어간다는 지역 명문 국립(國立)고등학교였다. 경북사대부고 출신들이 숫자는 적었지만 서울대를 비롯한 명문대 합격자들이 많아서였기 때문이었다.

직물공장 사장은 아들이 대구지역 명문 고등학교인 경북사대부

1962년 경상중학교 3-6반

기 적 은 순 간 마 다

고에 합격했다며, 주위 사람들을 초대해 큰 잔치를 벌였다. 아버지는 그 잔치에 초대되어 다녀온 이후로 늘 풀이 죽어 있었다. 아버지 역시 당신의 아들이 경북사대부고에 합격해 공장 사장처럼 동네방네 자랑하고 싶은 생각이 간절했던 것 같았다.

하루는 형이 조용히 나에게 다가와서 말했다.

"용근아. 아부지는 우리 중 하나가 경북사대부고에 진학하기를 원하시는 거 같데이. 이 형아는 이미 틀려서 아버지의 소원을 들어 드릴 수 없으니 고등학교 입학시험을 봐야 하는 니가 한 번 도전해 보그래이. 니라면 아버지의 소원을 꼭 들어 드릴 수 있을 것이라 믿는다이."

형은 나에게 은근히 압력을 가했다. 꼭 형의 말이 아니더라도 나 역시 아버지가 그토록 원하시는 경북사대부고에 입학하고 싶다는 욕심이 생겼다. 다른 아이들에 비해 학교 성적이 좋았던 나는 아버지의 소원을 들어 드리기 위해 그때부터 경북사대부고를 목표로 좀 더 열심히 학업에 매진했다.

학교 공부 못지않게 교회 생활도 열심히 했다. 중등부 회장을 맡고 있었던 나는 늘 기도 첫머리에 경북사대부고에 가고 싶은 나의 간절한 소원을 고백했고, 평소보다 더욱 열심히 예배를 드리고, 찬양하고, 기도했다. 그러나 어떤 일이 있더라도 주일날은 공부를 쉬었다.

그렇게 열심히 공부하고 기도를 드리면서 준비하기를 여러 날. 드디어 고등학교 입학시험을 보는 날이 코앞으로 다가왔다.

시험 날 아침은 유난히 추웠다. 아버지는 공장으로 출근하기 전, 가방을 싸고 있던 내 머리를 어루만지시더니 조용히 말씀하셨다.

"나는 니가 그동안 묵묵히 노력해 온 것을 믿고 있다이, 최선을 다해서 시험 치고 오너라."

아버지는 말이 끝난 후 내 손을 꼭 잡고는 휙 하니 집을 나섰다. 옆에서 물끄러미 내 모습을 지켜보고 계시던 어머니는 가방을 어깨에 메고 집을 나서는 내 손을 꼭 잡으셨다.

"하나님 아부지, 내 새끼 용근이를 잘 부탁합니데이. 그저 불쌍히 여기어 주이소, 아멘."

아버지의 격려와 어머니의 간절한 기도가 긴장되어 있던 내 마음을 자연스럽게 풀어 주었다. 나는 가벼운 발걸음으로 시험장으로 향했다.

시험을 끝마치고, 며칠이 지나 드디어 합격자 발표를 하는 날이 되었다. 나는 다소 긴장된 마음을 감추지 못하고 학교로 향했다. 교실에 앉아 기다리고 있는데, 선생님께서 내 이름을 부르셨다.

"조용근!"

나를 부르는 소리에 반사적으로 자리에서 일어났다.

"합격이다!"

선생님이 합격이라는 말을 하는 순간 나는 어리둥절해졌다. 늘 내 이름은 학비를 내지 않아 호명되는 '조용근'이었다. 이렇게 극적인 순간에 '조용근'이 호명되는 건 길지 않은 내 인생에 있어 처음 있는 일이었다.

"와아!"

함께 교실에서 대기하고 있던 반 친구들이 환호성을 질렀다. 여기저기에서 친구들이 달려들며 함께 기뻐해 주었다.

학교를 마치자마자 한걸음에 아버지가 일하고 있는 공장으로 달려갔다. 아버지는 숨을 몰아쉬며 자신을 쳐다보고 있는 나를 보고는 어리둥절한 표정이었다.

"아부지, 아부지! 지가 경북사대부고에 합격했습니더. 경북사대부고에."

"뭐라꼬? 니가 정말이가?"

아버지는 나를 끌어안고는 눈물을 흘리며 연신 "장하다이, 내 아들. 내 아들 조용근 니가 장하다이!"라고 외치며 내 손을 잡아끌고는 곧장 사장실로 달려갔다.

"사장님예! 임마가, 내 아들놈도 경북사대부고에 합격했습니더. 거기가 사장님 아들이 다니는 학교가 맞지예?"

"여보게, 용근이 아부지. 이게 어디 자네 집안만의 경사가. 우리 공장에서 명문 고등학교인 경북사대부고 출신이 둘이나 나온 게 아닌가. 잘했네. 내 이런 경사에 가만히 있을 수 있나."

그는 마치 당신 자식이 합격한 것처럼 기뻐하며 말을 이었다.

"용근아. 내가 니 입학금과 첫 등록금을 너거 아버지에게 보너스로 줄끼다."

아버지는 사장의 말에 놀란 토끼 눈을 하며 한동안 멍하니 서 있

1965년 경북사대부고 3-2반 급우들과 함께(앞열 오른쪽에서 2번째)

다가는 연신 고맙다는 말을 하고 고개를 숙였다. 사장도 덩달아 기뻐하며 공장은 마치 축제가 벌어진 것처럼 몇 시간 동안 들썩였다.

공장 사장에게 특별 외출을 허락받은 아버지는 내 손을 잡고 무작정 집으로 뛰어갔다. 집에 도착해 보니 어머니와 형, 누나가 집 밖에 나와 나를 기다리고 있었다. 이미 학교 선생님으로부터 연락을 받은 모양이었다.

"하나님 아부지, 감사합니더. 감사합니더."

어머니는 나를 꼭 안고서 연신 눈물을 흘리며 감사 기도를 드렸다. 형과 누나도 여동생들도 축하한다며 함께 기뻐해 주었다.

우리 가족이 그렇게 모두 기뻐하며 활짝 웃은 게 얼마만인지 기억도 나지 않았지만, 그 당시는 앞으로 다가올 어려움도 잠시 잊고 오랜만에 온 가족이 마음껏 활짝 웃었던 것 같다. 그때 아버지가 좋아하시던 모습이 아직도 마치 어제 일처럼 눈에 선하다. 늘 굳어 있던 아버지 얼굴에 그날처럼 화사한 웃음이 그득했던 날이 언제 또 있었는지…….

　그러나 기쁨은 그리 오래가지 못했다. 합격의 기쁨은 잠시뿐, 더 큰 어려움과 좌절의 시간이 그리 멀지 않은 길목에서 우리 가족을 기다리고 있었다.

눈물 흘리는 건 오늘뿐

피나는 노력 끝에 경북사대부고에 입학한 나는 동네 사람들의 부러움과 기대를 한몸에 받으며, 일약 인기 스타(?)로 떠올랐다. 나 역시 그런 주위의 반응이 나쁘지 않았다. 늘 가난 때문에 억눌려 왔던 지난날의 설움이 한 방에 모두 날아가는 기분이었으니까…….

지역 최고의 명문 고등학교는 나를 자신감 가득한 학생으로 만들었고, 입학과 동시에 늘 동경해오던 교복을 입고는 더 큰 목표를 향해 힘차게 전진하기 시작했다. 하지만 늘 우리 가족을 짓누르던 가난의 그늘은 나와 가족의 행복을 오래 지속되게 놔두지 않았다.

중학교와는 달리 고등학교, 그것도 지역 최고의 명문 고등학교인 경북사대부고에서의 생활은 녹록지 않았다. 공부에는 그런대로 자신이 있었는데 원체 똑똑하고 수준 높은 학생들이 모인 곳이라 마음에 부담이 많았다.

　무엇보다도 중학생 때에 비해 참고서며, 수업 교재를 사는 데 드는 비용이 만만치 않았다. 처음에는 어찌어찌 친구들 것을 좀 빌리기도 하고, 적당히 곁눈질로 옆 친구와 함께 보며 넘어갈 수 있었다. 하지만 그런 일들이 반복될수록 눈치가 보이기도 하고, 선생님의 꾸지람이 이어지기도 했다.

　하루는 반드시 사지 않으면 안 되는 참고서가 있어, 하는 수 없이 아버지가 일하는 공장을 찾았다.

　아버지는 얼굴과 온몸에 기름을 잔뜩 묻힌 채 당신을 찾아온 나를 참담한 표정으로 쳐다봤다. 평소에 하지 않던 행동을 하는 아들을 보고 내심 짐작을 한 모양이었다.

　"애비가 지금 돈이 어디 있노. 나중에 꼭 만들어 주꾸마, 오늘은 그냥 집으로 돌아가거래이."

　나는 고개를 들 수가 없었다. '내가 괜히 와서 아부지를 괴롭혔구나' 죄송한 마음과 좌절감이 온몸을 마구 두들겼다. 아버지께 인사도 하는 둥 마는 둥, 그대로 터벅터벅 걸으면서 집으로 되돌아왔다.

　그날 밤, 늦게까지 책을 보고 있던 나는 멀리서 아버지가 오는 기척을 느끼고 얼른 이불 속으로 들어가 자는 척을 했다. 아버지는 스르륵 방문을 열고 들어오시더니, 내 머리맡에 앉아 아무 말 없이 한참을 앉아 계셨다.

　나는 낮에 참고서 값을 달라는 소리도 못하고 그저 고개를 푹 숙인 채 서 있기만 하던 자식을 내려다보던 아버지의 얼굴이 생각나서 조용히 어깨를 들썩이며 눈물을 흘렸다.

시간은 빠르게 흘러갔다. 첫 학기 등록금은 아버지 공장의 사장님 도움으로 해결했지만, 문제는 다음 학기부터였다.

담임선생님은 조례시간 때마다 등록금을 미납한 학생들을 호명했다. 처음에 호명됐던 친구들은 나를 포함해 열 명 남짓 되었지만, 점점 그 수가 줄어들었다.

내가 계속해서 밀린 등록금을 내지 못하는 상황이 되자, 어느 날 담임선생님이 나를 교무실로 호출했다.

"조용근, 계속해서 등록금을 내지 못하는 이유를 내가 물어도 되겠나?"

"……."

담임선생님의 물음에 대답할 수 없었다. 내가 계속해서 묵비권을 행사하자 담임선생님은 조용히 고개를 끄덕이고는 이제 그만 교실로 돌아가도 좋다고 말했다.

다음 날, 수업을 모두 마치고 집으로 돌아가려는데 담임선생님이 조용히 나를 불렀다.

"이곳으로 찾아가 보거라. 너는 성실하고 성적도 좋으니, 충분히 잘 가르칠 수 있을 게다. 이 선생님은 네가 가정 형편 때문에 꿈을 꺾지 않았으면 좋겠구나."

담임선생님은 주소가 적힌 쪽지를 나에게 내밀었다. 끝이 보이지 않던 절망 속에서 한 줄기 빛이 나를 향해 달려오는 듯했다. 쪽지를 손에 꼭 쥐고 그 자리에 한참을 말없이 서 있었다.

"고맙다는 말은 나중에 네가 성공하면 듣겠다. 지금은 아무 생각 하지 말고, 공부하는 데 모든 정신을 집중하거라."

"감사합니더. 정말, 감사합니더."

결국 참았던 눈물을 터뜨리고 말았다. 담임선생님은 그런 나의 어깨를 말없이 토닥여 주었다.

다음 날 담임선생님이 적어준 주소의 집을 찾아갔다. 그 집은 육군 장성으로 예편한 후 개인 사업을 하는 사장님의 집이었다. 그 사장님 슬하에 있는 자녀 중에 이제 초등학교 5학년을 다니고 있는 꼬마 아이가 하나 있었다.

"자네가 조용근이라는 학생이군. 선생님이 침이 마르도록 자네 칭찬을 하시던데 아무쪼록 우리 아이를 잘 가르쳐 주게나."

사장은 나에게 자신의 집에서 함께 살면서 아들의 개인교습을 부탁했다.

입주 개인교습을 시작하면서 나의 생활은 이전과 백팔십도 달라졌다. 끼니때마다 맛있는 식사가 나왔다. 하지만 비산동에서 하루하루를 배고픔과 싸우고 있을 가족들을 생각하니, 마음 한구석이 늘 편치 않았다.

집을 떠나 새로운 곳에 정착하면서도 언제나 주일만큼은 교회에서 하루 종일 지냈다. 오전 어른 예배와는 별도로 드리는 오후 중고등부 예배에도 꼭 참석했다. 그리고 틈틈이 선배들과 함께 '성화(聖火)'라는 신앙잡지를 만들었다. 편집을 맡고 있던 선배들을 도와서 나는 손으로 먹지에 글자를 쓰고 수제 등사기를 돌려 제본까지 전 과정을 도와주었다. 선배들과 몇 주 동안 작업을 한 끝에 탄생하는 '성화(聖火)'가 한 권 한 권 쌓일 때마다 내 신앙의 폭도 점점 넓어지는 것 같아 가슴이 벅차올랐다.

그때 담임선생님으로부터 받은 온정의 손길은 지금도 잊을 수 없다.

나의 진정한 사부(師父), 오리궁둥이 걸음을 걷는다 하여 우리 친구들끼리 붙인 별칭 "오리궁둥이 김재복 선생님 진심으로 존경합니다. 오래오래 건강하시기를 빕니다."

입주 개인교습 생활은 2년 동안 이어졌다. 하지만 아무런 걱정 없이 공부만 할 수 있는 시간은 길지 못했다.

내가 가르치던 아이는 초등학교를 무사히 졸업하고, 나중에 자신이 원하는 중학교에 큰 무리 없이 입학할 수 있었다. 사장은 다 내 덕이라며 고마움을 표시했다. 하지만 내 마음은 무거울 수밖에 없었다. 대학입시를 위해서 더 이상 그 집에 머물 수 없게 되어 버렸기 때문이다.

당시 나는 서울대 상대를 목표로 했지만 실력은 미지수였다. 그런데다가 어려운 가정 형편과 주위 환경이 서울로 가서 공부할 여건이 아니었다. 설령 합격한다 하더라도 입학금과 서울에서 지낼 하숙비를 마련할 수 있는 상황이 전혀 아니었다. 더군다나 당장 입학시험을 치르러 서울에 올라갈 차비조차 없었다. 그런데도 배짱이 생겼다.

오랜 고심 끝에 집집이 돌아다니며 복조리를 팔기로 결심했다. 복조리를 파는 일은 생각만큼 쉽지 않았다. 대문을 두드리고, 사정을 설명한 후 복조리 하나만 사주십사 부탁을 하면 측은하게 여기기는 해도 3백 원이나 하는 복조리 값을 선뜻 내주지는 않았다.

며칠 동안 온 동네를 쏘다니며 발품을 팔았지만, 손에 든 것은 별로였다. 이렇게 해서는 안 되겠구나 생각하고 전략을 바꾸기로 마음을 먹었다.

복조리 속에 내 사연을 담아서 무조건 집 안으로 던지고 달아났다. 그렇게 여러 집에 복조리를 던져 놓은 후에, 그 다음 날부터 차례로 한 집씩 찾아가 형편을 설명했다. 사람들은 갑자기 돈을 지불해야 하는 상황에 당황하면서도, 기발한 아이디어를 가진 고학생(?)의 끈질긴 노력에 감탄하여 선뜻 복조리 값 3백 원을 내주었다.

각고의 노력 끝에 내 손에는 거금 5천 원이 쥐어졌다.

입학시험을 치르기 위해 짐을 챙겨 야간열차를 타려고 집을 나섰다. 그런데 대문 앞에 아버지가 어두운 표정을 하고 서 있었다.

"용근아, 아부지가 돈이 없어 니가 마음고생이 심하구나. 하지만 니가 서울대학교에 떡 하니 붙는다고 해도, 등록금과 하숙비는 어떻게 하려고 하는 기냐. 괜히 니한테 상처만 남을 거 같아 이 애비가 마음이 무겁데이. 도와주지는 못할망정 자식의 꿈을 꺾어야만 하는 이 애비의 심정을 이해해다오. 이번 일은 그만 포기하는 기 낫겠다이."

틀린 말이 아니었다. 설령 서울대학교에 합격한다고 해도 등록금이며, 하숙비, 생활비 따위를 해결할 돈도, 도와줄 친척도 없었다. 고개를 숙이자, 손에 꼭 쥔 지폐로 눈물이 떨어졌다. 아버지는 그저 먼 산을 쳐다보며 한숨을 내쉬었다. 나도 알고 있었다. 아버지 역시 아들의 꺾인 꿈을 생각하며, 마음으로 울고 계시다는 걸⋯⋯.

먼 산을 쳐다보며 담배를 태우고 있는 아버지를 뒤로하고 방으로 들어왔다. 더 이상 울지 않았다. 이대로 내 꿈을 포기하는 건 너무 억울했다. 오직 서울대학교 상대를 목표로 열심히 공부한 스스로에게 너무 미안한 일이 아니던가. 그 대신 어느 대학이든 4년간 등록금 한 푼도 내지 않고 대학을 다닐 수 있는 전면장학생을 뽑는 몇 군데 대학의 문을 두드렸으나 모두가 허사였다.

할 수 없이, 1년간 재수를 하면서 학비를 마련하기로 결심했다. 그리고 그 결심을 하나님께 고하기 위해 어느 날 밤 교회를 찾았다.

"항상 우리에게 좋은 것만을 주시는 하나님. 너무도 가난하고 힘든 삶이 저를 억누르고 있지만, 이 삶 가운데 저를 향해 예비하신 하나님의 뜻이 있을 줄 믿습니다. 모든 것이 무너지는 듯한 참담함이 저를 감싸고 있지만, 이 상황 속에서도 감사할 수 있는 마음을 갖게 해주십시오. 그리고 무엇보다 저의 신앙이 흔들리지 않도록, 모든 일에 열심히 임할 수 있는 힘과 용기를 주십시오."

나는 눈물을 흘리며 간절하게 기도했다. 그리고 다시는 울지 않을 거라고 다짐했다.

'눈물을 흘리는 건 오늘뿐이다. 더 이상은 아무리 큰 시련이 나를 덮친다 해도 절대 눈물을 흘리지 않겠다. 앞으로 내가 흘리는 눈물은 오직 기쁨의 눈물뿐이다.'

기도를 마치고 교회를 나와 집으로 향하는데, 이상하게도 발걸음이 가벼웠다. 나를 짓누르고 있던 패배의 기운이 갑자기 사라졌다. 그분이 계시기 때문에, 기도할 수 있는 힘이 있기 때문에 내 삶은 반드시 빛날 것이라는 확신이 가슴에 아로새겨졌다.

또 한편으로는 초등학교, 중학교를 거쳐 고등학교를 무사히 졸업할 수 있었던 것과 그 어려운 환경 속에서도 12년간 개근상을 받을 정도의 건강을 주신 데 대해 깊은 감사를 드렸다.

그날 나는 기도의 응답을 받았다는 확실한 믿음을 가지고 잠자리에 들었다. 그리고 그 믿음이 열매를 맺게 되는 기적을 체험하기까지는 그리 오랜 시간이 걸리지 않았다.

내 운명을 결정지어 준
신문기사 하나

서울대학교 상대에 입학하고야 말겠다는 내 의지가 꺾이고 한 달이 지난 어느 날, 내 미래를 결정지을 운명 같은 사건이 벌어졌다.

여느 날과 전혀 다를 게 없는 어느 날 아침, 일찍 배달된 《서울신문》을 펼쳐 들고 꼼꼼히 기사를 읽고 있었다(참고로 당시 서울신문은 정부의 관보지 역할을 담당하는 일간지 신문이었다). 신문을 살피던 중 신문 하단에 게재된 광고 하나가 내 눈길을 강하게 이끌었다.

"사세직(司稅職) 공무원 임용시험공고"

만일 그때 그 광고기사를 보지 못했다면 내 삶은 어떻게 바뀌었을까. 이 우연한 사건이 내 삶에 미친 영향은 간단한 말 몇 마디로는 표현할 수 없다. 이날 내가 본 그 공무원 임용 공고 하나가 내 삶을 완전히 결정지어버린 것이다.

지금에 와서 생각해보면, 서울대학교 상대에 가겠다는 꿈을 꺾고 교회에서 눈물을 흘리며 기도하고 집으로 돌아오던 때, 이상하게 마음이 가볍고 뭔가 뜨거운 기운으로 가슴이 벅찼던 이유가 바로 이것 때문이 아니었나 싶다. 하나님의 예비하심은 이처럼 놀랍고 거대했다.

신문에 난 광고 내용은 다름 아닌 국세청 9급 공무원을 뽑는다는 내용이었다. 그때 나를 더욱 놀라게 한 것은 바로 시험 과목들이었다. 국어와 영어, 수학을 기본으로 하고, 추가로 '일반상식'과 '상업부기' 과목을 지정해 시험을 보는 것이었다.

국어와 영어, 수학은 서울대학교를 목표로 공부한 만큼 자신이 있었다. 특히나 '상업부기'는 2년간 선택과목으로 공부했으므로 마치 나를 위해 마련해 준 것 같았다.

사실 '상업부기'는 내가 원해서 한 공부가 아니었다. 중학교 때 은사였던 김석규 선생님이 내가 다니던 고등학교로 전근 오셔서 이과목을 가르치게 되면서 무조건 자신의 수업에 참석하라는 엄명(?)을 받은 것이었다.

먼 훗날 대구제일여자상업고등학교에 교장으로 발령을 받으셔서 그곳에서 정년 퇴임하신 선생님께서 당시 무조건적인 강요로 내가 눈물을 머금고, 다른 과목을 공부하는 시간을 조금씩 줄여 당신이 가르치는 과목을 들을 수밖에 없게 만들었다. 마지못해 공부한 것이 내 인생을 바꾸는 결정적인 계기가 된 것이다.

1966년 당시 우리나라의 실업률은 지금보다 더 심각했다. 66년 3

월에 문을 연 국세청 개청요원 5백여 명을 뽑는 데 무려 5만여 명의 지원자가 몰렸다. 대학 졸업자는 물론이고, 사법시험 공부를 하던 고시생들까지 앞다투어 지원했다. 100대 1이 넘는 경쟁률을 기록했던 것으로 기억한다. 정말 문자 그대로 당시 상황으로서는 살인적인 경쟁률이었다.

이미 나의 간절한 기도에 응답을 주신 하나님의 예비하심은 그 어떤 경쟁률로도 나를 꺾지 못했다. 나는 가벼운 마음으로 이 시험에 응시했고, 당당히 합격했다. 당시 내 성적은 전체 합격자 중 179등이었는데(나중에 알았지만), 당시 군필자와 원호대상자들에게 가산점을 준 것을 감안하면 전체 5% 안에 드는 우수한 성적이었다고 한다.

합격통지를 받고, 희망 근무지를 적어 내라는 말에 내가 살고 있는 집에서 제일 가까운 대구서부세무서를 주저 없이 지원했다. 아버지는 혹시 내가 다른 지역으로 발령이 나면 살 방값을 마련할 길이 없다며 근심으로 가득 차 있었지만, 아무것도 걱정되지 않았다.

얼마 후 국세청에서 통보가 왔다. 예상대로 대구서부세무서로 배치 발령이 났다. 아버지와 가족들은 뛸 듯이 기뻐했다. 그때 나는 하나님께 감사의 기도를 드렸다. 그리고 기쁨의 눈물을 흘렸다.

'오늘 내가 흘린 눈물은, 언젠가 내가 하나님께 약속한 대로 슬퍼서 흘리는 눈물이 아닌, 기쁨의 눈물이다. 나는 오늘 마음껏 울 것이다. 왜냐하면 다시는 슬픔 때문에 눈물을 흘리지 않겠다고 한 약속을 지키고 있기 때문이다.'

1966년 6월 20일, 드디어 집에서 걸어서 30분 정도 걸리는 대구서부세무서로 첫 출근을 했다. 며칠 전까지만 해도 꿈이 꺾인 가련한 재수생의 신분이었지만, 하나님의 놀라운 은혜로 하루아침에 국가공무원으로 신분 상승을 한 것이다. 세상 전부를 얻은 것 같았고, 들판에 이리저리 나부끼는 풀잎 하나하나가 모두 새롭게 보였다.

지금 이 글을 쓰면서 문득 또 하나의 신분 상승이 생각나서 이 느낌을 나누고 싶다. 즉, 가장 빠르게 그리고 확실하게 자신의 삶이 성공에 이를 수 있는 길이 생각났다. 이 길은 이 시대를 살고 있는 누구에게나 적용될 수 있는 길이다.

"당신도 예수님을 구주로 영접하면, 죽을 수밖에 없는 '죄인'에서 영생을 얻은 '하나님의 자녀'로 신분이 수직상승합니다."

당신의 가슴속에 그분을 향한 뜨거운 사랑을 품을 수만 있다면, 당신의 신분은 순식간에 달라질 것이다. 감히 생각할 수 없을 정도의 신분으로…….

2장

세상을 향해 날개를 펴다

포기할 수 없는 학업에의 꿈

아침 일찍 정장을 차려입고 대문을 나서는 나를 어머니가 불러 세웠다. 나를 바라보는 어머니의 눈동자가 흔들리고 있었다. 만으로 20세가 되어가는 1966년 6월 20일, 대구서부세무서로 첫 출근을 하는 날이었다.

"용근아! 이 애미는 네가 한없이 자랑스러우면서도 미안하구나.

어엿한 직장인, 그것도 나랏일을 하는 공무원이 되어 첫 출근을 하는 네가 대견하면서도, 어려운 가정 형편 때문에 공부를 중단할 수밖에 없는 처지가 미안하구나."

나는 눈에 눈물이 그렁그렁 맺혀 있는 어머니의 얼굴을 손으로 닦아주며 말했다.

"엄마, 걱정하지 마이소, 나 잘할끼다. 왜냐하면 하나님이 나를 잘 보살펴 주실 끼다. 이제 첫 출발이니 엄마는 뒤에서 열심히 기도해 주이소."

어머니는 그런 나의 손을 꼭 부여잡으며 한동안 하나님께 감사의 기도를 드렸다.

"주님, 지금 아들 용근이가 사회 첫발을 내디딥니더. 얘가 가는 길에 주님께서 항상 같이 해 주이소, 아멘."

대문 앞까지 나와 배웅을 하는 어머니를 뒤로하고 나의 첫 직장인 대구서부세무서를 향해 힘차게 걸어갔다. 집에서 세무서까지는 걸어서 30분 정도였다.

그러나 직장에서의 생활은 생각보다 만만하지 않았다. 연일 쏟아지는 어려운 업무를 처리하다 보니 정말 자신이 없을 정도였다. 집에 돌아와서도 베개에 머리를 대기가 무섭게 잠이 들었다.

그러나 무엇보다 나를 힘들게 했던 것은 교복에 대학교 배지를 단 친구들의 모습이었다. 고된 업무로 지친 몸을 이끌고 집으로 돌아오는 길에 삼삼오오 어울리는 대학생 친구들을 볼 때마다 커다란 상실감이 나의 어깨를 무겁게 짓눌렀다. 특히, 방학을 맞아 서울에서 내려온 친구들을 보면 그 상실감은 더욱 커졌다. 괜히 주눅이 들어 친구들이 모여 있는 곳을 일부러 피해 먼 길을 돌아가야 했다.

'아무리 힘들더라도 대학에 진학해야 하는 건데.'

돌이킬 수 없는 후회는 나의 몸을 더욱 고단하게 했다. 쉴 틈 없이 쏟아지는 업무와 직장 선배님들의 강압적인 태도도 나를 더욱 지치게 했다. 전환점이 필요했다.

'언제까지 내 처지를 비관하며 후회하는 마음으로 살 것인가. 더

이상 후회하지 말고, 지금 당장 내가 할 수 있는 일부터 시작해 보자.'

하지만 당장 직장을 그만두고 진학을 위해 서울로 올라갈 수는 없는 일이었다. 가족들에게 걱정을 안기기 싫은 것도 있었지만, 어렵게 합격한 공무원 자리도 쉽게 포기할 수 없는 일이었다. 그래서 결정한 게 야간대학에 진학하는 것이었다.

이듬해 직장에서 멀지 않은 곳에 위치한 청구대학(現, 영남대학교)에 입학 원서를 넣었다. 같은 대구시내라서 퇴근 후 강의를 들으러 가는 데 별 무리가 없어 보였다.

당시 청구대학 야간학부는 인근 지역에서 근무하는 공무원과 직장인들이 대거 몰려 높은 경쟁률을 기록하는 중이었다. 고등학교 시절 제법 높은 순위권에 있었던 나였지만, 책을 놓은 지 1년이 지났다. 마음속에 점점 불안감이 커져갔다.

남아 있는 시간이 그리 많지는 않았지만, 서두르지 않고 차분하게 틈틈이 입시 준비를 했다. 그리고 간절한 마음으로 기도했다.

"하나님께서는 제게 늘 좋은 길을 열어주셨습니다.

학비가 없을 때 학비를 주셨고, 직장이 필요할 때 직장을 주셨습니다. 저는 늘 당신을 믿고, 당신께서 열어주신 길을 걸었습니다.

이번에도 역시 저는 아무런 의심 없이 당신께서 예비하신 그 길을 걷겠습니다. 당신께 온전히 쓰임 받는 그날까지, 진정한 믿음의 일꾼이 되는 그날까지 제가 걷는 그 길을 멈추지 않게 해주소서."

시험 당일, 벌써 승리를 하고 돌아온 개선장군이나 된 것처럼 그렇게 시험장으로 들어갔다. 공부와 기도가 반복되는 시간 속에서 확신과 믿음이 점점 굳건해졌던 것 같았다. 무엇보다 내게는 그 어떤 두려움도 남아 있지 않았다.

무사히 시험을 마치고 집으로 돌아온 나는 합격자 발표가 있는 날까지 평범한 일상으로 돌아갔다. 그리고 합격자 발표 당일, 대학교 게시판에 붙은 합격자 명단을 확인하고 집으로 돌아왔다.

하나님께서는 내게 평범한 길을 허락하지 않으신 게 분명했다. 합격자 명단에 당당히 올라 있는 내 이름 위에 '수석'이라는 타이틀과 4년간 전면 장학생이라는 보너스를 기어이 붙여주시고야 만 것이다.

이 감당할 수 없는 은혜를 어떻게 보답해야 할지 갈피를 잡지 못했다. 이내 해답은 간단하고도 명료하게 떠올랐다. 이미 나는 직장생활을 통해 받은 월급을 차곡차곡 모아 등록금을 해결해 놓은 상태였다. 더 이상의 고민은 아무런 의미가 없었다.

'이 모든 게 하나님께서 예비하신 일이다. 이미 등록금으로 준비해 놓은 돈은 하나님 나라를 위해 쓰여야 한다.'

갈등이 없었다면 거짓말이다. 당시를 떠올려보면, 주일날 등록금 전액을 가지고 교회로 가는 발걸음이 제법 무거웠던 것으로 기억한다.

어느새 나는 교회 앞에 서 있었고, 고개를 들어 십자가를 바라보는 순간 아무런 망설임도 없이 힘차게 교회 문을 열고 안으로 들어갔다.

나는 등록금 전액을 감사헌금으로 드렸다. 그때 헌금 봉투에 사연을 간단히 적었는데, 그걸 확인한 목사님께서 적잖은 감동을 받으셨던 것 같다. 목사님은 설교 말씀을 전하시다가 갑자기 나를 일으켜 세우셨다.

"성도님들, 저기 자리에서 일어난 저 청년이 이번에 청구대학에 수석으로 합격한 조용근이라는 학생입니다.

조용근 학생은 강성이 집사님의 아들이기도 합니다. 집안 형편이 어려운 가운데에서도 희망을 잃지 않고 늘 기도로 준비하여 국세청 공무원을 비롯해, 대학교 수석합격의 기적을 일궈냈습니다.

그런데 그간 월급에서 모아 놓은 등록금 전액을 이렇게 감사헌금으로 올렸습니다. 그동안 강성이 집사님이 그렇게 열심히 새벽마다 눈물로 기도하시더니, 하나님께서 저 아들에게 복을 주신 것 같습니다."

민망할 정도로 크게 내 행동을 칭찬해 주시는 목사님의 말씀에 얼굴이 붉어져 벽 쪽으로 고개를 돌리며 머리를 긁적이고 있었다. 그 순간, 어머니의 얼굴이 눈에 들어왔다.

어머니는 내 쪽을 보시고는 환하게 웃고 계셨다. 눈물이 많으셨던 어머니는 그때도 눈 한가득 눈물이 고여 있었지만, 그날만큼은 눈물보다 환한 웃음이 더 크게 느껴졌다.

늘 조용히 교회 한구석에서 눈물로 기도하던 어머니는 수많은 성도들의 축하를 받으며 고개를 숙여 인사하고 있었다. 나는 그때 처음으로 어머니에게 효도라는 것을 한 셈이었다.

지금 생각해보니, 당시 어머니가 나를 위해 얼마나 많은 눈물을 흘리며 기도를 하셨을까 하는 생각이 든다.

　나 스스로 재능이 넘쳐 모든 일이 잘 풀린 것이라고 여기며 우쭐거린 적도 있었지만, 무엇보다 권위적인 아버지의 폭력과 무시에도 굴하지 않고 늘 우리 자녀들을 위해 기도하신 어머니 덕분에 지금의 내가 있는 것이다.

말은 제주도로, 사람은 서울로

"일을 하면서도 공부를 게을리하지 않고 대학에 합격한 것도 용한데, 거기에 수석합격이라니, 정말 훌륭해! 자넨 우리 세무서의 자랑이야. 앞으로 세무서 일 걱정은 말고 학업에만 전념하게. 학비는 내가 다 해결해줄 테니, 걱정 말고 공부에만 매진해 보게."

마음 한구석에 세무서 업무를 게을리하고 몰래 도둑공부를 해 대학에 합격한 사실이 세무서장님의 눈에 안 좋게 비칠 수 있다고 생각했는데, 오히려 세무서장님의 격려가 나에게는 큰 힘이 되었다. 언제 이런 기회가 다시 올 수 있겠냐는 생각으로 나름대로 공부도 열심히 했다.

그렇다고 업무에 소홀한 것도 아니었다. 일도 공부도 그 어느 하나라도 선배님들께 밉보이지 않겠다는 생각으로 본격적인 주경야독 생활에 돌입했다. 그런데 이런 이중생활을 계속하면 할수록 마음 한구석에서 어떤 미련이 자라나고 있었다.

'사람은 나면 서울로 가고, 말은 제주도로 보내야 한다던데, 지금 내가 이곳에서 만족하고 있는 것은 아닐까?'

늦은 밤 강의실에서 공부하는데 계속해서 서울로 유학 간 친구들의 모습이 떠올랐다. 고민은 점점 깊어져 어떤 상실감마저 더해졌다.

'고민이 길어지면 행동으로 옮기는 시기를 놓칠 수도 있다.

그래 조용근! 걱정은 나중에 하고 지금은 내가 원하는 길이 바로 하나님께서 예비하신 길이라 믿고 일단 일을 한번 저질러 보자!'

얼마 후 서울에 있는 성균관대학교 편입 시험이 있다는 소식을 들었다. 서울행 야간열차를 타고 무작정 상경했다. 그리고 당시 야간 학부 최고의 명문인 성균관대학교 경영학과(당시는 상과)에 편입학 지원 원서를 제출했다. 역시 명문대학답게 2명을 모집하는데, 68명이 지원을 했다. 34대 1이라는 엄청난 경쟁률이었다.

하지만 전혀 주눅이 들지 않았다. 나에게는 엄청난 노력의 산물인 땀과 남들에게는 없는 기도라는 무기가 있기 때문이었다. 물론 당당히 합격했다. 내가 봐도 신기했다.

합격자 발표가 있던 날, 합격증을 받아 들고 무작정 당시 조용대 국세청 세정감독관(現, 감사관)을 찾아갔다. 생면부지인 이분은 나와 이름이 비슷하여 먼 친척뻘이 될지 모른다고 생각했다.

"서울에서 남들과 당당히 경쟁하고 싶어 무작정 성균관대학교에 지원해 합격증을 받아냈습니다. 하지만 저는 지금 대구에서 근무 중입니다. 감독관님께서 저를 서울로 추천해 주시면 저는 제 꿈을 이룰 수 있을 것 같습니다. 도와주십시오."

세정감독관은 내 당돌함에 잠시 당황하는 기색이 역력했지만, 이내 흐뭇한 미소를 지으며 말했다.

"자네 이름을 보니 내 동생뻘이네. 그리고 용기가 가상하구만. 내 자네 같은 젊은이의 꿈을 꺾을 수는 없지. 자리를 알아볼 테니, 아무 걱정하지 말고 대구로 돌아가 열심히 일이나 하게나."

나중에 안 일이었지만, 그 세정감독관은 내 무모한 용기에 큰 감명을 받았다며 인사업무를 담당하는 부서에 적극 추천해 주셔서 성균관대학교와 가장 가까운 동대문세무서로 발령을 내주셨다. 다시 한 번 주님의 놀라운 은혜를 체험하게 되었다. 꿈에도 그리던 서울에 입성을 하다니…….

다시 가족들과 떨어져 서울에서 하숙하며 낮에는 일을 하고 밤에는 학교에 가서 강의를 듣는 생활을 반복했다. 새로운 생활 패턴은 아니었지만, 이번에는 가족과 떨어져 혼자 지내야 한다는 외로움과도 싸워야 했다. 하지만 늘 동경해오던 삶이었기에 직장과 학교를 오가는 고단한 삶에도 하루하루가 즐거웠다.

문제는 다른 곳에서 조금씩 나타나기 시작했다. 낮에는 일을 하고 밤에는 학교로 달려가 강의를 듣는 일은 그다지 어렵지 않았지만, 중간고사와 기말고사, 그리고 이따금 제출해야 하는 리포트 등의 과제들이 쏟아지면서 주일을 하숙집에서만 보내야 하는 시간이 늘어났다.

게다가 이미 서울에서 유학하고 있는 친구들과 어울리는 재미를 알게 되면서 내 단단한 신앙생활은 조금씩 균열이 가기 시작했다. 한동안은 아무리 친구들과의 약속과 밀린 숙제가 있어도 주일예배만은 꼭 지켜왔는데, 한두 번 빠지는 횟수가 늘어나기 시작하면서 점점 교회를 멀리하기 시작했다.

오랫동안 출석했던 대구 달서교회와는 달리 서울 동대문에 있는 하숙집 근처의 교회에서 오는 생소함도 당시 나의 게으름을 부추기는 원인이 되었다. 주일만 되면 고향에서 올라온 친구 또는 서울에 이미 올라와 있는 친구들과 명동에서 만나 흥청망청 어울렸다.

그동안 대구에 머물면서 억눌려 있던 자존심이 일종의 과시욕으로 나타나게 된 것이다. 또래 친구들과는 달리 직장에 다니다 보니 어느 정도 경제적으로 여유가 있었기 때문에 친구들이 나를 찾는 일도 잦았다. 물론, 처음부터 이런 생활을 반긴 것은 아니었다. 처음에는 주일예배를 빼먹고 친구들과 어울린다는 것 때문에 적지 않은 죄책감에 시달렸다.

처음이 어렵지, 도둑질도 여러 번 반복하면 점점 무감각해지기 마련이다. 이미 이러한 생활에서 오는 즐거움에 길들여진 나는 주일을 지키지 않은 것은 물론, 군에 입대해야 하는 나이가 지났음에도 불구하고 계속해서 입영을 연기하는 일에 대해서도 아무런 죄책감을 가지지 않게 된 것이다. 세상적인 재미에 푹 빠져 너무 몰두한 나머지, 군대에 끌려가기 싫다는 강한 반발심이 작용했기 때문이다.

그러나 이런 잠깐의 세상적 유혹이 결국 나를 볼품없는 사람으로 만들었다.

그때 악착같이 주경야독에 힘써야 했었는데……, 그토록 어렵게 공부해서 편입한 학업도 최종 마무리도 짓지 못하고 결국 군입대로 말미암아 복학을 못 한 채 나는 대학교 중퇴라는 학력에 머무르게 되었다.

나는 이를 두고두고 후회했다. 그러던 중 성균관대학교에서 나의 이런 사정과 그동안의 진정성 있는 나눔과 섬김에 감동되었는지 2011년 2월 25일 본교 학위수여식에서 내게 명예졸업장을 주었다. 지금도 성균관대학교에 깊은 고마움을 느낀다.

2011년 2월 25일, 성균관대학교 명예졸업식에서 김준영 총장과 함께

연이은 이별의 슬픔

이렇게 믿음의 생활을 뒤로하고 방황하고 있던 차에 대구에 있는 우리 집에서 참으로 안타깝고 슬픈 사고가 일어났다.

나보다 다섯 살 위인 형은 당시 안동시에서 교육청 공무원으로 일하고 있었다. 형이 술을 무척 좋아했는데 군대에서 술을 잘못 배워 주사가 심한 편이라 항상 가족들의 걱정거리 중 하나였다. 그런데 날씨가 더운 어느 날, 형은 술을 마시고 의식을 잃어 그만 심장마비로 사망하고 말았다.

안타까운 소식을 전해 듣고 급히 대구 집으로 내려갔다. 병원에 도착하자 이미 형은 싸늘한 주검이 되어 영안실에 누워 있었다. 어린 시절 형과 함께 보냈던 추억이 주마등처럼 스쳐갔다.

눈에 눈물이 고이며 시야가 흐려졌다. 나는 소리도 내지 못하고 그 자리에 얼어붙은 것처럼 선 채 울고 또 울었다.

갑작스런 사고로 장남을 잃은 어머니는 제정신이 아니었다. 형의 주검을 흔들며 일어나라고 고함을 질렀다. 이 믿을 수 없는 현실에 나는 몹시 혼란스러웠다.

얼마 전까지만 해도 서로의 안부를 묻던 형과 나는 다시는 대화조차 나눌 수 없다는 현실에 하늘이 무너지는 듯한 상실감이 찾아왔다.

그때 형에게는 이미 결혼을 약속한 여자가 있었고, 얼마 후면 약혼식을 치르게 되어 있었다. 형의 주검을 내려다보며, 인간의 삶이 얼마나 허망한 것인지를 깨달았다. 그리고 얼마나 나약한 존재인지를……

나는 형을 화장해 그 유골을 인근 금호강에 뿌렸다. 한 줌의 가루가 되어버린 형은, 가볍게 부는 바람에도 쉽게 흩날렸다. 그렇게 바람에 날리고 강물과 함께 흘러가는 형을 보면서 나는 입술을 질근 씹었다.

'인간의 삶이란 이렇듯 허망한 것인가.

그동안 짧은 세월이었지만 세상의 온갖 유혹에 푹 빠져 내 영혼과 육체가 점점 썩어가고 있다는 사실을 망각한 채……, 나는 지금 무엇이 중요하고, 무엇이 잘못된 것인지를 잊고 있구나.'

그날 밤 눈물을 흘리며 하나님께 회개의 기도를 드렸다.

그동안 세상 재미에 빠져 하나님을 멀리하고, 주일을 지키지 못한

나 자신을 책망했다. 그럼에도 늘 내 곁에 계셔 주신 주님께 감사를 드리며 다시는 이 같은 과오를 반복하지 않겠다고 다짐하고, 또 다짐했다.

장남을 잃은 어머님의 슬픔은 생각보다 지독했다. 끼니를 거르시면서 날이 갈수록 몸이 야위어갔다. 이대로 있다가는 어머니마저 잃을 수 있겠다는 생각에 급히 대구 집을 처분하고 은행에서 대출받아 서울 마포구 신수동에 작은 집 한 칸을 마련해 부모님과 동생들의 거처를 옮겨 드렸다.

계속 대구에 있다가는 형을 잃은 슬픔에서 벗어나지 못할 것 같았기 때문에 환경을 바꾸고 새로운 삶을 사실 수 있게 도와드리는 방법밖에는 없었다.

다시 서울에 터를 잡은 우리 가족은 형에 대한 기억을 지우기 위해 지독하게 노력했다. 시간이 지남에 따라 형을 잃은 슬픔은 조금씩 지워져 갔다. 그리고 우리는 조금씩 원래의 자리로 돌아오고 있었다.

그러던 어느 날, 대구병무청 직원이 밤기차를 타고 급히 상경해 나를 찾아왔다. 그 직원은 나를 만나자마자, 지난 3년간 입영을 연기한 것이 자칫 비리로 오인될 수 있는 소지가 있으니 지금 당장 입대를 해야 한다고 말했다.

그 말을 들은 나는 가슴이 철렁 내려앉았다. 하나님을 잊고, 세상의 재미에 푹 빠져 살아온 지난 몇 년간 생활의 결과가 이렇게 막을 내리다니……

결국 나는 가족을 떠나 1970년 4월 20일, 논산훈련소로 가는 기차를 탔다.

"아이고, 용근아. 내 아들……."

큰절을 올리고 방문을 나서려는 나를 어머니가 끌어안으며 서럽게 울었다.

"걱정하지 마이소. 몸 건강히 있다가 반드시 엄마 곁으로 돌아올게."

아버지는 연방 헛기침을 하며 남자라면 누구나 다 가는 곳인데 왜 호들갑이냐며 어머니를 나무랐지만, 눈가에는 눈물이 촉촉이 고여 있었다.

나는 부모님을 뒤로하고 입영 통지서에 적혀 있는 집결지인 대구 칠성종합운동장으로 가서 거기서 바로 논산훈련소로 향했다.

입대할 당시 군의 분위기는 매우 살벌했다. 1968년 1월 21일 김신조를 비롯한 무장공비들이 청와대 근처까지 침투했다가 우리 군에게 발각되는 사건이 벌어진 직후였기 때문이다. 박정희 대통령은 이 사건을 계기로 군(軍) 기강의 해이를 지적했고, 전(全) 군은 엄청난 긴장상태에 있었다.

나는 행정병과 주특기를 받았지만, 6주간의 전반기 기본훈련을 거쳐 김해공병학교에서 후반기 8주 교육을 마친 후, 안양에 있는 건설공병단에 배치됐다.

훈련은 고됐다. 무엇보다 힘들었던 것은 내무반 생활이었다. 직장에서 비교적 자유롭게 생활했던 내게는 딱딱한 군대 문화와 거기에 따른 단체생활이 무척 힘든 일이었다.

1973년 3월, 3년간의 군복무를 마칠 즈음 부대원들과 함께(오른쪽 두 번째)

더군다나 또래에 비해 다소 몇 년 늦게 입대한 터라 서너 살 어린 선임들에게 꼬박꼬박 존댓말을 해야 하고 선임 고참병들의 갖은 폭언과 깊은 밤에 집합하여 기합 받는 것도 힘들었다. 그럴 때마다 이 시간을 통해 내가 좀 더 성숙한 신앙인이 될 수 있도록 기도하고, 사고 없이 무사히 제대할 수 있도록 매사 참고 인내했다.

"하나님, 도와주세요. 좀 더 성숙한 신앙인의 자세로 선임과 후임들에게 모범이 되게 하시고, 무사히 제대할 수 있도록 해주십시오."

나는 힘든 일이 있을 때마다 몰래 기도하며 하나님을 찾았다. 그러자 점점 힘들었던 일상에 새로움이 더해졌고, 하루하루가 기쁨으로 충만했다. 그렇게 하여 나의 군대생활도 어느덧 일상으로 자리 잡게 되었다.

그러던 어느 날이었다.

"조용근 병장, 어디 있나?"

"네. 여기 있습니다."

"어머님이 위독하신 모양이다."

선임하사의 말을 전해 듣고 한동안 멍하니 서 있었다. 마음 한구석에 늘 걱정거리로 자리 잡고 있던 일이 현실이 되었다는 사실에 다리가 부들부들 떨렸다. 휴가를 나갈 때마다 고혈압으로 늘 병상에 누워 있는 어머니를 보며 남몰래 눈물을 훔쳤다. 그런 어머니가 이제 하나님을 만나러 가실 모양이었다.

어머니는 무학자이지만 평생을 자식들을 위해 헌신하면서 아버지의 고압적인 행동을 온몸으로 견디셨던 분이었다. 오직 예수님을 믿고 지극정성으로 그분에게 기도하시면서 어려움을 극복하신 분이셨다.

결국 어머니는 내가 군에 입대한 지 1년 8개월 만에 하나님 곁으로 가셨다. 52세라는 짧은 생을 살면서 하루도 몸을 쉬게 하지 않고 오직 자식들만을 위해 헌신하셨던 불쌍한 여인이었다. 만일 어머니의 그 기도가 없었다면 오늘날 내가 교회 장로로 봉사하는 일도, 늘 주위를 돌보고 세상에 진 빚을 갚으려 노력 봉사하는 일도 없었을 것이다.

우리는 늘 곁에 계시기 때문에 부모님의 소중함을 잊고 산다. 그러나 부모님이 우리의 곁을 떠나고 난 뒤에야 후회하며 눈물을 흘린다.

만일 당신이 지금 이 글을 읽고 있다면, 당장 부모님에게 달려가서 사랑한다고 말하라. 그리고 먼 훗날 절대로 나처럼 후회하지 말고 소중히 모셔라. 당신이 나와 같은 후회를 하지 않기를 바라는 마음에서 힘주어 권면한다.

나는 부모님의 기도는 자식들에게 반드시 응답이 된다는 확신을 가지고 있다. 자식을 이기는 부모님이 없는 것처럼, 자식에 대한 부모님의 사랑 또한 간절하고 뜨겁다. 이런 마음이 끊임없는 기도로 이어질 때, 반드시 하늘 보좌가 움직인다고 확신한다.

평생의 인연

"용근아, 시골에서 알아주는 부잣집 여식이란다. 한번 만나보고, 웬만하면 식을 올리거라."

아버지는 사진 한 장을 건네주며 이제 나이도 찼으니 결혼을 하라고 재촉했다. 나는 당시 6급 세무공무원이었기 때문에 신랑감으로 제법 인기가 있었다.

"교회에 다니지 않는 여성과는 결혼할 생각이 없습니다."

"그게 뭐 그리 대단한 거라고 고집을 피우는 것이냐. 인물 반반하고, 집안이 좋으면 그만인 것을……."

아버지와 나는 결혼 문제로 늘 부딪쳤다. 하지만 신앙을 가진 여성과 결혼을 하고 말겠다는 내 고집을 아버지도 쉽게 꺾지는 못했다.

"신앙은 하루아침에 이루어지는 것이 아닙니다. 때문에 교회를 다니지 않는 여자라면 곤란합니더. 부부는 무엇보다 마음이 맞아야 한다고 생각합니더. 신앙이 맞지 않는 여성이라면 저는 양귀비가 온다고 하더라도 싫습니더."

그리하여 아버지와 나는 많이 다투었고 갈등도 많았다. 내 지나온 삶에서 이 시기가 꽤나 괴로운 시절이기도 했다.

그런 내게 꿈에도 그리던 여성이 나타났다. 갓 결혼한 여동생 현숙이가 미국으로 이민을 가기 위해 종로에 있는 영어학원을 다니고 있었다. 어느 날 여동생 현숙이가 학원에서 알게 된 친구라며 한 자매를 데리고 왔다. 바로 그녀가 지금 내 곁에 있는 아내 유영혜 권사다.

그때 나는 국세청 본청에서 우리나라에서 처음으로 불이 붙은 부동산투기업무를 담당하던 때라 오로지 일과 씨름하고 있었다.

그녀는 한창나이인 28살 미모의 재원이었다. 그녀는 눈부시게 아름다운 외모에다가 귀여운 경상도 사투리를 썼는데, 당시 내 눈에 그 모습이 그렇게 예뻐 보일 수 없었다. 더군다나 고향도 같은 지역이었다.

내 여동생을 부추겨 그녀에 대해 좀 더 알아보라고 재촉했다.

며칠 후 동생은 그녀가 1남 6녀 중 맏딸이며, 이화여자대학교 법학과를 졸업하고 가정법률상담소에서 근무하고 있다고 귀띔해 주었다. 내 여동생은 그녀가 부친이 일찍 돌아가시는 바람에 가족의 생계를 책임지고 있으며, 집안 식구들을 잘 보살펴 줄 배우자를 찾고 있다는 말도 덧붙였다.

'바로 이 여성이다'라는 확신이 들었다. 그녀야말로 하나님께서 내

2013년 12월 12일, 중증장애인 사랑의 쉼터 1호점 준공식 때
아내와 함께

배우자로 예비하신 인물임에 틀림없었다.

가족을 보살피는 그녀의 세심함은 물론, 나중에는 그 성실성까지 인정받아 변호사 사무실을 거쳐, 검찰청 사무관으로 특채돼 잠시 공직생활을 하기도 했다.

무엇보다 나의 마음을 강하게 끈 것은 그녀가 바로 크리스천이라는 점이었다. 나는 그 말을 전해들은 즉시, 하나님께 감사의 기도를 올리며 그토록 원하던 배우자를 보내주심에 감사, 또 감사했다.

나는 그때부터 그녀의 마음을 얻기 위해 무던히 노력했다. 그리고 반드시 이 여성을 아내로 맞이할 수 있도록 도와달라고 매일 기도했다. 처음에는 별 반응을 보이지 않던 그녀도 내 끈질긴 구애에 결국 백기를 들고 말았다. 또 한 번 기도의 응답을 받은 것이다.

우리는 모두의 축복 속에 1980년 2월 1일 명동 YWCA에서 결혼식을 올렸다. 나는 아직도 그날을 생각하며 하나님께 감사한다. 내가 그토록 원하던 같은 신앙을 가진 여성을 아내로 맞이하게 해주셨으며, 시집을 와서도 홀로 된 시아버지를 극진히 모시고, 하루도 편할 날이 없이 복잡하기만 했던 집안 대소사를 묵묵히 감내해 준 아내가 없었다면 아마도 지금 내가 이 자리에 있기는 어려웠을 것이다.

이 자리를 빌려 그동안 아내가 내게 보여준 헌신과 사랑에 깊은 감사와 고마운 마음을 전한다.

"그 어떤 말을 한다고 해도 그동안 당신이 내게 보여준 희생과 사랑은 갚을 길이 없소. 돌아가신 어머니가 그랬던 것처럼, 당신 또한 내 삶과 내 믿음의 존재 그 자체라오.

지금도 하루가 멀다 하고 사고(?)를 치고 다니는 나를 묵묵히 격려해주고, 도와주는 당신의 따뜻한 배려 때문에 내가 좀 더 안심하고 남을 돕고 사는 일에 매진할 수 있는 것 같소.

여보! 이제는 아이들도 다 커서 우리 곁을 떠났고 둘만의 시간을 가질 때도 되었지만, 나는 지금 내가 하는 이 일이 좋아요.

지금은 우리가 소외된 이웃을 돕고 있지만, 머지않아 그 수많은 이웃들이 우리 곁에서 우리의 외로움을 달래줄 것이오. 힘들겠지만 나를 조금만 더 믿고 따라와 주겠소? 삶이 다하는 날까지 서로 사랑하며 삽시다. 이 세상 그 어떤 귀한 것과도 바꿀 수 없는 나의 여인 유영혜 권사, 여보, 사랑해."

어렵고 유혹이 많았던
국세공무원 시절

'부동산 투기(Real estate speculation)'라는 '투기(投機)'의 사전적 의미는 '기회를 틈타 큰 이익을 보려고 함'이라고 되어 있다.

속물근성이 가득한 이 '부동산 투기'가 일생일대의 큰 위기에서 나를 건져냈다. 만약 내가 부동산 투기와의 전쟁에 참전하지 않았다면 아마도 지금 내 인생이 어떻게 달라졌을지 가늠하기 어렵다.

1976년, 영문도 모른 채 국세청 소득세과로 발령을 받고 본청으로 들어갔다. 본청으로 출근을 하여 상관에게 전입신고를 하러 들어갔더니, 대뜸 하는 말이 부동산 투기 업무를 전담하라는 것이었다.

지금이야 나라 경제를 좌지우지하고 온 국민에게 초미의 관심사

1987년 KBS '무엇이든 물어보세요' 프로에 출연

가 된 행정 분야이지만, 당시에는 전혀 생소한 분야였고 부동산 투기 업무를 전담해 맡아온 직원도 없었다.

여의도 목화아파트, 도곡동 개나리아파트, 반포아파트 등 서울 강남 요지에 잇달아 고급아파트가 들어서면서 투기바람을 타고 아파트값이 천정부지로 치솟던 시절이었다. 청약률이 높아 부동산중개업자들이 큰돈을 버는 사태가 속출했다.

부동산 투기 업무에 투입되면서 모든 업무를 혼자 처리했다. 1978년부터, 서울 강남 4개 아파트 단지와 전국 158개 동(洞)을 부동산 투기지역으로 지정 고시해 실거래금액을 기준으로 양도소득세를 무겁게 부과했다. 그 업무를 시작으로 본격적으로 투기가 의심되는 지역을 확대하며 단속해갔다. 나는 한자리에서 이 업무만을 무려 12년간 담당했다.

당시에는 일 년을 기준으로 상관들이 교체되었는데, 나는 같은 자리에서 한 가지 업무만을 12년간 계속하다 보니 자연스레 그 분야에서 최고의 전문가가 되었다. 양도소득세, 상속세, 증여세 등 재산 관련 세무업무에서 독보적인 존재가 되어버린 것이다.

대한민국 부동산 투기 억제 업무에 대해 나만큼 도통(?)한 사람이 없었으니, 툭하면 국회에 불려가 의원들의 질문에 답변자료를 직접 작성하기도 했다.

특히, 1989년 토지공개념 도입 시에는 토지초과이득세 실무준비 책임자로 발탁되기도 하고 부동산 탈세 조사와 주식거래 조사 등을 총괄하는 등 재산 관련 세무 조사 분야에서도 그동안 갈고닦은 기량을 마음껏 발휘할 수 있었다.

이렇게 당시 국세청에서 가장 사회적 이슈가 된 분야를 담당하다 보니, 외부로부터의 유혹도 만만치 않았다. 하루가 멀다 하고 전국의 부동산중개업자들이 나를 찾아와 만나 달라고 사정을 했지만, 청탁에 응할 수가 없었다.

절대로 청탁 따위는 하지 않을 테니 밥이나 한번 먹자고 하는 사람들도 있었지만, 산하기관에 근무하는 직원들 직무교육을 비롯해 방송사 세무상담 출연, 국회 답변자료 작성 등으로 날밤을 새워야 할 정도였다.

그때 아파트 시세가 연일 고공행진을 하는 터라 소위 잘나가는 강남지역 부동산중개업자들은 당시 돈으로 하루에 100만 원이 넘는 돈을 벌어들이던 시절이었다. 그때 적당히 청탁에 응해 목이 좋은 아파트에 특혜 분양이라도 받았다면 아마 지금의 나는 없었을 것이다.

사실 그때 나에게 주어진 업무가 너무 많다 보니 만나고 싶어도 시간이 없었다. 당시 내 직속 상사인 과장은 국장으로 승진하기 위해 없는 일도 만들어낼 정도로 열정이 넘치던 시기여서 매일 쏟아지는 업무에 식사도 제대로 할 수 없을 정도로 바쁜 나날을 보내고 있었다. 당시 통금이 있던 시절이었는데, 늘 밤늦게까지 남아 일을 하다가 항상 아슬아슬하게 검문에 걸리지 않고 집에 들어가기를 반복했다.

밥도 제대로 못 먹어가면서 매일매일 쏟아지는 서류 뭉치와 국회자료를 처리하느라 12년을 하루같이 보냈다는 생각을 하면 지금도 숨이 '턱' 하고 막힌다. 무엇보다도 이 바쁜 와중에 나는 '세무사' 자격증을 취득하기 위해 틈틈이 시험준비를 하고 있었는데, 운이 좋아 1982년 제19회 세무사자격시험에도 합격했다. 지금 생각해 보니 이 바쁜 시기가 있었기에 지금의 내가 있었고, 그 아찔한 유혹들을 피해갈 수 있었다. 이 일로 인해 남들이 틈틈이 즐기는 골프운동도 2004년 말 공무원 명예퇴임 때까지 전혀 배우지 못했다. 그러나 비록 공무원 재직 시 골프운동도 배우지 못했지만 나는 이런 나를, 가슴 뿌듯하게 여기고 있다.

또 부동산 투기 업무에 투입되기 전인 1976년 5월경에는 이런 일도 있었다.

당시 나는 마포세무서 법인세과에서 근무하고 있었다. 당시 세금부과제도가 전면적인 종합소득세제로 바뀌면서 모든 개인사업자들은 1년간의 모든 소득을 종합하여 누진과세하게 되었다. 그 제도로 바뀌면서 나는 법인세과에서 개인세과로 몇 달간 차출이 되었는데 그 사이에 법인세과 직원들의 금품수수 관련 대형비리사건이 터졌다. 내가 개인세과로 잠시 자리를 옮기고 얼마 안 있어 대부분의 법인세과 직원들이 검찰에 송치된 어마어마한 사건이 있었다.

다행히 나는 그 무시무시한 칼날을 피해갔고, 그러다가 넉 달 후 국세청 본청으로 발령이 났다. 그 덕분으로 나는 당시 법인세과 직원 중 유일한 생존자가 되었다.

또 1997년 당시 세상을 떠들썩하게 했던 일명 '세풍사건' 때도, 초임 서장 자리인 의성세무서장 자리에서 보통의 경우 6개월 정도인 전례를 깨고 나는 1년 6개월 동안이나 머문 덕분에 그 광풍을 피해갈 수 있었다.

또 2001년에는 김대중 정권의 23개 중앙언론사에 대한 특별 세무조사 파동도 있었다.

그 시기에 나는 국세청 공보관으로 근무하고 있었다. 말이 파동이지 정권 대 신문, 신문 대 신문, 신문 대 방송이 서로 전쟁을 벌이는 시기였고, 그 중간에 언론사의 '탈세'를 조사하려는 국세청이 있었으며, 기자들에게 양식(기삿거리)을 제공하거나 비판기사를 '막으려는' 공보관인 내가 그 한가운데 자리에 있었다.

말 그대로 혹독한 전쟁 시절이었다. 언론에 대해 아마추어인 나는 죽을 각오를 하고 1년 8개월 동안을 몸으로 때울 수밖에 없었다. 어찌 보면 기자들은 단순한 면이 있어서 자존심 하나로 살아가는 존재이다 보니, 인간적으로 가까이 접근하는 것 이외에는 달리 그들을 대할 방법이 없다는 것을 깨달았다.

그래서 먹지 못하는 술을 억지로 마시면서 서로 몸으로 부대낄 수밖에 없었다. 당시 안정남(安正男) 국세청장께서는 영등포세무서장으로 근무하고 있는 나를 공보관으로 발탁하여, 잘 해보라고 했다. 간첩 노릇 하지 말라는 뜻이었을 것이다. 하지만 마음 한쪽에는 언론사의 편을 들 수밖에 없는 노릇이고……

그래서 안 청장께 '원래 공보관이란 어떤 면에서 이중첩자가 될 수밖에 없다'고 하기도 하고, '국세청과 언론사가 서로 싸우면 공보관인 저만 등이 터진다'라고도 말씀드렸다. 그러한 나의 솔직함이 통해서일까? 안 청장께서도 나를 굉장히 좋아했었다.

그 전쟁터에서 공보관 노릇을 하면서도 그나마 기자들과 원만한 관계를 유지할 수 있었던 것은 내 나름대로 세운 공보관으로서의 직무원칙이 있었기 때문이었다.

그 직무원칙이란 다름 아닌 '진실'이다. 즉, '있는 모습을 그대로 이해해 주자'는 것으로 기자의 입장을 충분히 이해하고자 했다. 기사가 잘됐다, 못됐다 반박하는 것 자체가 기자들이 질색하는 것 중에 하나였다. 대부분 고위공직자들은 자기 분야에 대한 사실과 다른 기사가 언론에 나가면 막무가내로 엉터리 기사라고 불평하지만, 나는 이유야 어찌 됐건 기사를 쓴 기자에게 잘 썼다고 일단 격려해 주면서 기자의 자존심을 건드리지 않으려고 최대한 노력했다.

"김 기자, 기사 쓴다고 고생했다. 참 잘 썼다. 내가 봐도 그렇게 쓸 수밖에 없었겠다. 그런데 문제가 생겼다. 이 기사가 나갈 경우 내가 참 어렵게 된다. 이해해 달라"고 호소했다. 그런 다음 데스크(부장급 간부)한테 가서 "저 김 기자 정말 기사 잘 쓴다"고 말해 주기도 하며 기사를 쓴 기자의 위상을 세워준다. 그다음에는 기사 제목을 뽑는 편집부에 가서 양해를 구하기도 하고 이도 저도 안 되면 편집국장도 찾아가고…….

나름대로 절차와 계통을 밟아 가되 진정성을 가지고 호소해보니 웬만하면 내가 의도하는 대로 기사내용이 고쳐진다. 즉시 나는 그들에게 고맙다고 전화로 인사를 했다.

또한, 공보관의 업무 성격상 항상 젊은 기자들과 부대껴야 하고 복잡한 기사를 다듬고 조율하는 역할을 하는 자리였던 만큼, 회식자리가 많을 수밖에 없었다. 기자들과 인간적인 관계를 잘 맺어야 기사도 좋게 나가는데 회식자리가 큰 부담이 되었다.

그런데도 그때마다 하나님께서 나에게 지혜를 주셨다.

"우리가 학교 다닐 때 모자도 깨끗이 쓰고 교복도 깨끗이 쓰다 물려주고 책도 그렇게 물려줬다. 나도 지금 내가 쓰고 있는 내 몸도 깨끗이 쓰다가 다른 사람들에게 물려주어야 하기 때문에 안 마시는 것이니 이해해 달라."

기자들에게 이렇게 말하면서 지갑에 가지고 다니던 「장기기증등록증」을 꺼내 보여 주면, "어 이거 진짜네!" 하면서 술 권하기를 자제해 주었다. 그리고 나중에 다른 기자들에게도 "이 형님은 원래 술 잘 마시는데 몸에 있는 장기들을 깨끗이 쓰다가 다른 사람들에게 물려주어야 한다"며 내 앞의 술잔을 치우곤 했다.

그 당시 언론사와의 전쟁 중에도 이처럼 기자들과 끈끈한 교분을 쌓을 수 있었던 것도 그런 원칙과 서로의 마음을 공유했기 때문이었다. 젊은 기자들은 나를 형님이라 불렀고 핏발선 기사를 쓰면서도 나와 마음을 주고받았다. 10여 년이 지난 지금도 언론사 핵심간부가 된 그들과 자주 만나고 서로 사랑하고 교제하고 있음에 항상 고맙게 생각한다.

나는 드디어 2004년 12월 대전지방국세청장을 끝으로 반평생을 바쳐 일했던 어렵고 유혹이 많았던 국세청에서 큰 잘못 없이 명예롭게 퇴임할 수 있게 된 것에 대해 이 모든 것이 다 하나님께서 보살펴주셨기 때문이라고 확신한다.

무엇보다 지난 40년간 '세금'이라는 광야에서 부족하기 짝이 없는 나를 지속적으로 연단시켜 주셔서 지금의 나를 있게 해주심에 무릎 꿇어 깊이 감사드린다.

2004년 10월, 국세청 국정감사 때

아들아!
네가 사랑스러운 20가지 이유

"아빠는 널 단 한 순간도 의심한 적이 없었다. 네가 이렇게 보란 듯이 합격 통지서를 들고 오니 아빠는 그동안의 고생을 보상받은 것 같구나. 아들아, 이 아빠는 네가 자랑스럽다. 무엇보다 우리 가족을 하나로 묶어주신 하나님께 감사하고, 또 감사한단다."

몇 날 며칠을 고심했던가. 합격자 발표일이 하루하루 다가올수록 가슴은 새까맣게 타들어 갔다. 무엇보다 지난 과오를 잊고 오직 한 길만 보고 노력한 아들이 빛나는 결실을 맺게 되기를 얼마나 바랐던가. 가족 모두가 초주검이 된 채 결과를 기다리며 기도하고, 또 기도했다.

합격자 발표 날, 아들은 눈에 눈물이 그렁그렁 맺힌 채 커다란 웃음을 지으며 말했다.

"아빠, 저 합격했어요. 그것도 정시에서 서울대 법대 수석합격이래요."

아들의 말이 끝나기가 무섭게 내 눈에서도 눈물이 봇물처럼 터졌다. 아내를 쳐다보자 이미 두 손으로 얼굴을 감싼 채 기쁨의 눈물을 흘리고 있었다. 나는 아들을 와락 부둥켜안고 감사의 기도를 드렸다.

"하나님, 감사합니다. 감사합니다. 감사합니다……."

얼마나 기다렸던 순간인가. 이날이 오기까지 얼마나 많은 고통의 순간을 견뎌야 했던가.

"이번이 도대체 몇 번째냐! 자꾸 다음으로 미루기만 한다고 좋은 결과가 나올 수 있겠느냐. 잠을 줄여가며 공부해도 될까 말까 한 일을, 너처럼 하고 싶은 거 다 하고 남는 시간에 공부해서 좋은 대학을 가겠다는 게 말이나 되는 일이냐? 이 아빠는 네 나이에 직장을 다니면서 공부해 대학에 들어갔다. 당시에는 돈이 없어 먹고 싶은 것도 제대로 못 먹고 잠도 못 자며 공부했다. 그런데 지금 너는 부족한 거 없이 공부만 하면 되는데, 그것도 제대로 못 해 가족들에게 걱정을 끼치는 것이냐."

영등포세무서장으로 발령이 난 후, 폭발적으로 늘어난 업무 때문에 차츰 가족들과 시간을 보내는 횟수가 줄어들었다. 때문에 아이들의 교육 문제도 신경을 쓸 수 없게 되었다. 딸아이는 워낙 성실하고 자기 스스로 모든 문제를 해결하는 게 단련이 되어 있어 걱정할 일이 없었다.

하지만 아들은 고등학교를 졸업하고 2년이 지나도록 대학에 번번이 낙방하여 당시 내 유일한 고민거리였다.

고등학교 재학시절 전교 10등 안에 늘 이름을 올리던 아이였는데, 모의고사만 봤다 하면 성적이 들쑥날쑥 하는 통에 온 식구의 애간장이 다 녹을 지경이었다. 반복되는 진학 실패로 아들의 몸과 마음이 많이 지쳐 있던 시절이었다.

그러다 보니 아들을 마주할 때마다 내 걱정과 고민은 짜증으로 변질되어 아들에게 날카로운 비수로 전해졌으리라. 아무런 의욕도 없이 그저 하루하루를 보내는 아들이 못 미더웠다. 그래서 볼 때마다 호통을 치고 매를 들기도 했다.

그러던 어느 날이었다. 아내가 손에 든 종이를 흔들어대며 울음 섞인 목소리로 고함을 질렀다.

"여보, 이것 보세요! 도대체 당신이 평소에 아들에게 어떻게 했기에, 애가 이런 말을 메모지에 적어 놓느냐고요."

아내 손에 들린 메모지를 빼앗아 읽어보았다. 눈앞이 아찔했다. 잠시 동안 멍한 상태로 천장만 응시했다. 자주 볼 수 없는 아들이었기에 걱정이 앞서 칭찬보다는 질책이 먼저 나왔던 것이다. 그것이 아들에게는 상처가 되었고, 그 상처를 보듬어 주기보다 벌어진 상처를 계속해서 자극해 왔던 것이다.

메모지에는 짤막한 내용이 씌어 있었다.

'우리 아버지 언제 죽지?'

충격은 쉽사리 가라앉지 않았다. 아내는 옆에서 계속해서 눈물을 흘리며 그 메모지를 들여다보고 또 들여다봤다.

그렇게 며칠이 흘렀다. 일이 손에 잡히지도 않았고, 딱히 이 문제를 해결할 묘책도 떠오르지 않았다. 날마다 눈물을 흘리며 기도를 했지만 먹먹해진 가슴이 쉽사리 뚫리지 않았다. 그러던 어느 날 아내가 나 모르게 '아버지 학교'에 등록을 해 놓았다.

나는 할 수 없이 아내의 제안대로 온누리교회에서 운영하는 '아버지 학교'에 입학했다. 사실 혼자서 해결하기에는 벅찬 문제였다.

아들에게 그런 마음이 들게 한 데에는 나에게도 일정 부분 책임이 있다는 걸 인정하지 않을 수 없었다.

'아버지 학교'는 매주 토요일 오후 5시부터 11시까지 총 5주간의 일정으로 진행됐다.

그곳에서 크리스천으로서의 아버지의 권위와 역할, 그리고 남편으로서의 책임과 의무에 대해 많은 가르침을 받았다.

둘째 주간은 아들로서 돌아가신 내 아버지에게 편지를 쓰라고 하고 3주차에는 아버지로서 내 아들에게 쓰는 편지와 함께 '아들아! 네가 사랑스런 20가지 이유'를 숙제로 내주었다. 당시 국세청에서 가장 세수 규모가 큰 지역을 관할하는 영등포세무서장 시절이었는데 그 바쁜 결재까지 미루어가면서 끙끙대며 숙제를 시작했다. 처음에는 아무것도 생각나지 않았다. 기도하는 마음으로 곰곰이 생각해보니 그 녀석의 사랑스런 모습이 희미하게 떠올랐다.

아내의 오랜 진통 끝에 세상의 빛을 보게 된 아들은 천사처럼 환한 미소를 짓고 있었다. 첫걸음마를 뗐을 때 온 세상을 얻은 것처럼 환호했고, 서툰 걸음으로 내게 다가와 '아빠!'하고 안길 때는 이렇게 귀한 생명을 내게 보내주신 하나님께 감사했다. 그리고 조막만한 손으로 정성스레 만든 색종이 카네이션을 내 가슴에 달아주었을 때를 떠올리니 하염없이 눈물이 났다.

대여섯 살 때인가, 얼굴에 구두약을 잔뜩 묻힌 채 침을 탁탁 뱉어가며 구두를 닦아 놓고 손을 내밀며 용돈을 달라던 모습, 휴일에 공원에 나가 함께 야구를 하던 추억들이 떠오르며 벅찬 감격이 온몸을 휘감았다.

곰곰이 생각해 보니 아들이 사랑스러운 이유를 20가지로만 한정할 수 없었다. 그 아이 존재 자체가 내 삶의 기록이며 내 삶의 이유였다. 자랑스러운 아빠가 되기 위해 나는 그동안 얼마나 노력했던가. 세상 모든 유혹이 내 심장을 파고들 때마다, 아들에게 부끄러운 아빠가 되지 않게 해달라고 얼마나 눈물로 기도했던가.

끝없이 흘러내리는 눈물 때문에 시야가 흐려졌지만, 종이에 글자를 한 줄 한 줄 새겨넣을 때마다 짙은 안개가 걷히고 세상 모든 사물이 또렷하게 다가왔다.

아들에게 고백하는 심정으로 종이 한 장을 가득 채웠다. 그리고 깨달았다. 내가 얼마나 아들을 사랑하고 있는지를. 내게 얼마나 소중한 존재인지를 말이다.

그렇게 하여 '아들아! 네가 사랑스런 20가지 이유'를 써서 아버지학교에 제출했다. 며칠 후 퇴근해서 집에 가니 그 아들이 방문을 걸어 잠그고 나오지 않았다. 아내에게 "쟤가 무슨 일이 있느냐?"고 했더니 아내는 이상한 편지를 받더니 그런다고 했다. 아버지학교에서 내가 아들에게 쓴 편지와 함께 '네가 사랑스런 20가지 이유'를 코팅해서 아들에게 보낸 것이었다. 그때가 대학수능을 3개월 정도 남겨둔 시점이었다.

다음날 아침 출근하려고 하는데 갑자기 아들이 눈이 퉁퉁 부은 채로 "아빠!"하며 나에게 안겼다. 내가 쓴 편지와 아들이 사랑스런 20가지 이유를 통해 아들이 아빠의 사랑을 느끼게 된 것이다.

그로부터 3개월 후, 아들의 대입수능고사가 있던 날 아침이었다.

아들은 그동안 절치부심 노력하여 석 달 동안 모의고사 성적을 크게 향상시켰다. 아내는 새벽부터 도시락을 싸느라 분주했고, 나는 가슴을 졸이며 아들의 표정을 살폈다.

마침내 아들의 방문이 열리고 결전의 준비를 모두 마친 아들이 결연한 표정을 지으며 걸어나왔다. 얼굴에는 그 어떤 긴장도 비치지 않았고, 오히려 자신감이 넘치는 평화롭고 여유로운 모습이었다. 그런 아들의 얼굴을 보는 순간, 더 이상의 실패는 없을 것이라는 확신이 들었다.

아들의 입에서는 의외의 말이 튀어나왔다.

"아빠, 그동안 심려를 끼쳐 죄송해요."

아들의 그 한 마디가 유언처럼 들렸다. 삼수까지 하면서 온갖 고초를 겪었을 아들의 참담한 심정을 이해 못 하는 바는 아니지만, 혹시나 하는 생각에 가슴이 덜컥 내려앉았다.

집을 나서는 아들의 등을 바라보는 그 심정을 누가 알까. 마치

2001년 3월, 아들 성제가 서울대 입학식에서 신입생을 대표하여 선서할 때

아들을 전장에 내보내는 아비의 심정으로 그 뒷모습을 바라보았다.
곧 출근을 했지만 일이 손에 잡히지 않았다. 아들의 마지막 그 말이
계속 머릿속에서 맴돌았다. 밥을 먹는 둥 마는 둥, 부하직원이 결재
서류를 책상에 올려놔도 눈에 들어오지 않았다.

그렇게 시간이 흘렀고, 퇴근 시간이 지나자마자 곧장 집으로 갔
다. 그러나 아들의 소식이 없었다. 불안했다. 밤 10시경이 되어서야 아
들이 나타났다.

"시험은…… 시험은 잘 봤어?"

최대한 조심스럽게, 혹시 아들의 아픈 속을 건드리는 것은 아닌
가 걱정하며 물었다.

"하나 틀렸어요."

아들의 얼굴에 환한 웃음이 가득했다. 그 웃음 하나로 얼어붙어

있던 나의 마음도 봄눈 녹듯이 녹아들었다.

"수험표 뒤에 적어 온 답을 맞춰보니 딱 한 개 틀렸더라고요."

의기양양하게 수험표를 흔들며 대답했다. 그러나 가채점이 정확하게 반영되는 경우는 거의 없었다. 불안해하지는 말되, 마지막까지 긴장을 늦추지 말라고 당부하며 더 이상 묻지 않았다.

이런 걱정은 나만의 기우였다. 아들은 정확히 2점짜리 문제 하나만 틀려 400점 만점 중 398점을 얻는 기적을 일으켰다. 물론, 이 결과를 기적이라고 말할 수는 없다. 오랜 시간 피와 땀으로 노력한 결과이며, 매일 눈물로 기도한 나와 아내에게 내려진 하나님의 은총이었다.

아들은 그토록 원하던 서울대학교 법대에 지원을 했고, 끝까지 긴장의 끈을 놓지 않은 채 논술고사와 면접에서 거의 만점에 가까운 점수를 받아내며 종합점수로 수석을 차지했다.

지금은 결혼을 해서 내 곁을 떠난 아들이지만 아직도 학업을 진행하고 있는 그를 보면서 나는 느끼고 있다. 이 아들은 내 아들, 내 소유가 아니라 하나님이 세상에 보내주신 하나님의 아들이라는 것을……. 그러나 서로를 위해 기도하는 것을 멈추지 않는다. 비가 온 뒤의 땅이 굳어지는 법이다. 그동안의 아들과 나의 갈등은 둘 사이를 부자(父子) 이상의 것으로 끌어올렸다.

아들과의 갈등을 통해 다시금 옛 추억을 떠올리며 내가 아들을 얼마나 사랑하는지를 깨달았다. 이 지면을 빌어 아직도 학업 연마에 매달리고 있는 사랑하는 아들에게 고백한다.

"사랑하는 아들 성제야, 아빠는 너의 가능성과 비전을 단 한 번도 의심한 적이 없다. 한때 그 기대가 너무 커서 너를 구석으로 모는 과오를 범했지만, 너와 나는 하나님의 보살핌으로 그전보다 더욱 사이가 좋은 아버지와 아들이 되었잖니? 이제 이 아빠는 네가 세상 어디까지 지평을 넓혀 나갈지 지켜볼게. 그 과정에서 넘어지고, 시련을 겪고, 좌절하더라도 오직 굳건한 믿음으로 후원해 줄게.

나 역시 너에게 부끄럽지 않은 아빠가 되기 위해 뛰어왔던 것처럼, 너 역시 먼 훗날 태어날 너의 아이에게 자랑스러운 아빠가 되기 위해 노력해주기 바란다. 그리고 우리를 늘 보살펴주시는 하나님이 보시기에도 부끄럽지 않은 신실한 믿음의 일꾼이 되자꾸나.

언제 한 번 예전처럼 공원에 나가 야구도 하고, 도시락도 먹으며 한가로운 시간을 보냈으면 한다. 지금 당장은 무리겠지만, 그런 기다림이라면 언제나 즐거운 마음으로 그날을 기대할 수 있을 듯싶다. 사랑한다. 내 아들 조성제!"

한국세무사회 회장선거에 출마하다

2004년 12월 31일, 대전지방국세청장을 끝으로 35년 6개월간의 정들었던 공직생활을 마무리했다. 아직 정년이 2년이나 남아 있었지만, 후배들에게 좀 더 일찍 길을 터주는 것이 내가 할 수 있는 최선이라 생각해 더 이상의 미련을 두지 않았다.

뒤돌아보면 약관 20세 나이에 국세청 9급공무원으로 출발하여 반평생 오직 한길, 세금쟁이(?) 노릇을 하다가 대과 없이 무사히 공직자의 옷을 벗게 되어 행운 중 행운이라고 고백하고 싶다. 그동안 외식 한 번 제대로 못 해 보고 늘 가슴 졸이면서도 원망 없이 나를 도와준 나의 사랑하는 아내와 아들 성제, 딸 수빈이에게도 다시 한 번 고맙다는 인사를 하고 싶다.

2004년 12월, 대전지방국세청장 명예퇴임식 때 간부들과 함께

　명예퇴임을 앞둔 어느 날, 선배 한 분이 나를 찾아와 한국세무사
회 회장에 출마를 하려고 하니, 함께 러닝메이트로 뛰어보자는 제안
을 했다. 너무 갑작스런 제안이라 일단 며칠 생각을 해보겠노라 하고
는 돌려보냈다.

　말은 간단하지만 출마자격을 갖추기 위해서는 시간이 너무 촉박
했다. 일단 한국세무사회 선거에 참여하기 위해서는 개업세무사가 되
어야 했는데, 그런 자격을 갖추려면 한 달 동안 세무사 실무 교육을
받아야만 했다.

　나에게는 당장 은퇴 이후의 삶에 대한 고민도 필요한 시기였고,
응답을 받기 위해 기도의 시간도 필요했기에 미련 없이 아내와 함께
기도원으로 들어가 버렸다.

　2005년 1월 1일, 기도원에 들어가자마자 함께 출마하자 하던 그

선배로부터 끝없이 전화가 걸려왔다.

"이달에 세무사 실무교육을 수료해야만 자격이 갖춰져 선거에 참여할 수 있네. 지금 기도원에 계실 게 아니라 당장 교육을 받아야 하네."

그 선배는 끈질겼다. 하지만 아무런 준비 없이 제2의 인생을 시작할 생각은 없었다. 지금 나에게 필요한 건 기도와 하나님이 예비하신 나의 길에 대한 응답이었다.

"나에게 지금 기도를 하는 것보다 더 중요한 일은 없습니다."

나는 단호히 그 선배의 제안을 거절했고, 그 일은 그렇게 기억 속에 묻혔다.

그리고 시간이 흘러 2006년 7월에 역대 지방국세청장 출신들의 친목모임에 나가자, 선배들께서 이미 작당을 한 듯 나를 몰아세우며 이번 한국세무사회 회장 선거에 출마하라고 종용했다. 사람들은 내 의사는 들어보지도 않고 박수를 치며 그 자리에서 만장일치로 회장 후보로 천거했다.

일단 생각을 해보겠노라며 긍정적인 답변을 하고 집으로 돌아왔지만, 왠지 자신이 없었다. 역대 한국세무사회 회장 중 국세청 실무자 출신 고위직이 당선된 사례는 거의 없었다는 사실을 이미 잘 알고 있는 나였다. 선배들은 집요하게 나를 설득했다. 결국 백기를 흔들며 회장 후보 출마를 선언할 수밖에 없었다.

막상 회장 후보 출마를 결심하고 보니, 투표권을 가진 유권자 중 나를 아는 사람이 별로 없었다. 회장 선거는 전체 세무사회 회원

8,500여 명의 직접선거로 이루어지는데 그중 국세청 출신 세무사들은 절반을 밑돌았고, 그나마 나를 잘 모르는 사람이 대부분이었다. 자연스레 위축될 수밖에 없었다. 그때만 해도 내가 직접 설립한 석성세무법인을 개업한 지 일 년이 채 안 된 신출내기였기 때문이다.

회원들은 회장 자격도 안 되는 사람이 국세청 고위직 출신이라는 경력만 믿고 회장 후보에 출마했다며 강하게 비난을 해댔다. 그도 그럴 것이 경쟁 후보들은 국회의원 재선 출신도 있었고, 전체 회원의 40% 이상이나 포진되어 있는 서울지역 세무사회 회장직을 무려 4년이나 지낸 사람도 있었다. 내 경력은 무엇으로 보나 다른 경쟁자들에 비해 세무사경륜이 초라하기 그지없었다.

하지만 나에게는 든든한 후원자가 있었다. 내가 어디에서 무엇을 하든, 무슨 생각을 하든, 누구를 만나든, 언제나 나를 돌보시고 내 편이 되어 나를 이끌어주시는 하나님이 계셨다. 국회의원 경력도, 서울지역 세무사회 회장 경력도, 세무사 계에서 내로라하던 자도 평생을 하나님의 보살핌을 받고 있는 나와는 비교할 수 없었다.

알 수 없는 이상한 자신감이 마음속에서 샘솟았다. 하루하루 기도하며 선거를 준비했고, 주위 참모진들을 독려했다. 그리고 결심했다. 온갖 부정과 부패가 난무하는 세상적인 선거 운동은 절대 하지 않겠노라고. 상대 후보를 깎아내리는 것만큼 쉽고 효과적인 유세가 없다는 걸 그동안의 사회 경험을 통해 알고 있었지만, 나는 흑색선전만큼은 절대 하지 않겠다고 선언했다.

"말도 안 됩니다. 지금 우리는 다른 후보들에 비해 누가 봐도 열세의 입장에 놓여 있습니다. 그런데 상대를 비방하기는커녕 칭찬하다니요. 회장에 당선되려는 생각이 없으신 거 아닙니까? 이번에는 연습이고, 다음을 노리시는 겁니까?"

선거 캠프에 있는 참모진들은 이런 나의 결정을 강하게 반대했다.

"아닙니다. 전 지금 그 누구보다 이 선거에서 이겨야겠다는 열망이 강합니다. 반드시 선거에서 승리해 우리 세무사들의 권익을 높일 것입니다."

선거 운동을 하는 동안 단 한 번도 내가 떨어질 거라는 생각을 해본 적이 없었다. 당연히 저 자리는 나를 위해 하나님이 예비하신 자리라고 생각하고, 모든 일정을 자신감 있게 소화했다. 지금 생각해보면 그런 밑도 끝도 없는 자신감이 상대 후보로 하여금 위축되게 하지 않았나 싶다.

본격적인 선거철에 돌입하자, 나와 상대 후보들은 서울을 비롯한 전국 6개 도시를 돌며 경합을 벌였다. 후보 공약 연설을 하는 내내 나는 단 한 번도 상대 후보를 비방하지 않았다.

순회하는 도시가 늘어날수록 캠프 내에서는 불만이 높아졌다. 그래도 나는 처음 하나님과 한 약속을 저버리지 않았다. 그리고 마지막으로 2007년 2월 28일, 서울 올림픽체조경기장에서 3천여 명의 서울지역 세무사 회원들이 지켜보는 가운데 후보 공약 연설을 하고 최종 투표에 들어갔다.

모든 투표가 끝나고, 결과를 기다리기 위해 선거캠프 안으로 들어갔다. 캠프 안을 둘러본 나는 적잖이 실망했다. 내가 낙선할 거라고 예상한 회원들은 대부분 캠프를 떠났고, 안에는 불과 10여 명 정도만이 남아 내 눈치를 살피고 있었다. 충분히 그들을 이해했다. 나에게는 믿는 구석이 있었지만, 그들은 눈으로 보고 귀로 듣는 것만이 유일한 믿음이었기 때문이다.

개표 시간이 다가오자 초조함이 밀려들었다. 그런데 어찌된 영문인지, 예정된 발표 시간이 한 시간이 지나도록 아무런 소식이 없었다. 내가 궁금해하고 있던 찰나, 회원 하나가 들어와 고개를 흔들며 말했다.

"생각보다 투표 결과가 박빙이라, 지금 다시 투표지를 재검표하고 있답니다. 근데 결과가……."

그때까지 눈치를 보며 남아 있던 캠프 안 회원들은 결과가 박빙이라는 말에 희망이 없다고 판단했는지, 하나둘 이런저런 핑계를 대며 캠프를 빠져나갔다. 그들의 뒷모습을 보며 이젠 정말 힘들겠구나 하는 생각이 들었다. 내가 떨어지는 것도 그렇지만, 지금까지 애써 나와 함께 뛰어준 캠프동료들에게 미안한 마음이 앞섰다.

나는 미안한 마음이 들어서 화장실로 가는 척하며 자리를 떴다. 그때 선거관리위원장으로부터 휴대폰 전화가 왔다. 비공식집계지만 당선을 축하한다는 메시지였다. 나는 시치미를 떼고 다시 진을 치고 있던 자리로 와서 앉아있었다. 10여 분이 지난 후 흩어졌던 캠프동료들이 다시 돌아왔다. 낌새를 알아차린 것 같았다.

"이거 정말 예상 밖입니다. 축하드립니다, 조 회장님. 이제 우리 세무사들의 미래는 조 회장님 손에 달렸습니다."

순간 어안이 벙벙해졌다. 기쁜 마음에 가슴이 뛰었지만 최대한 태연하게 행동했다.

2007년 4월, 한국세무사회 제25대 회장 취임식

　"세무사 회원분들께서 참 욕심이 많으신 거 같습니다. 지금보다
더 나은 환경을 바라고 저를 뽑아주신 거 아니겠습니까. 걱정 마십
시오. 제겐 여러분이 상상도 할 수 없는 거대한 후원자가 있습니다.
이제 여러분들의 미래는 보장된 것이나 다름없습니다."

　말을 마치자마자 사람들이 환호성을 지르며 캠프 안으로 밀려들
었다. 일반 정치판과 다를 바 없는 이 행태를 보고 마음이 씁쓸해지
는 것을 느꼈다. 불과 몇 사람만 남아 있던 조금 전과 달리 어느새
캠프 안은 나를 축하해주기 위해, 그리고 어떻게든 한 자리라도 감
투를 써 보려하는 사람들로 인해 북새통을 이루었다.

　당선 소감을 묻는 많은 언론사와의 인터뷰에서 노블레스 오블리
주, '나눔과 섬김'이라는 캐치프레이즈를 걸고 한국세무사회의 오래
된 폐습과 지형을 바꾸겠노라 천명했다.

"우리 강한 자는 마땅히 연약한 자의 약점을 스스로 담당하고 본인을 기쁘게 하지 아니할 것이라, 우리 각 사람은 이웃을 기쁘게 하되, 선을 이루고 덕을 세우도록 할지니라(롬15:1~2)."

4년간 세무사회장으로 재직하는 동안 세무사의 권익을 높이고 입장을 대변하는 책임자로서 열심히 그리고 소신껏 일했다. 특히 지난 2008년 5월 독일세리사협회(회원 8만4천명) 초청을 받고 건너가 독일 대표 1,300여 명이 모인 가운데 연설을 했다.

또 한국세무사회가 모은 성금 7천여 만 원을 중국 쓰촨성 지진 피해지역과 미얀마 태풍 피해지역 학교 신축비로 나누어 전달했다. 모든 것이 그저 하나님께 감사할 따름이다.

그리고 2008년, 이명박 정부의 첫 작품인 서민들에 대한 생활지원책의 일환으로 지급된 3조 4천억 원의 유가환급금 제도를 적극 지지하며, 우리 세무사들이 수수료 한 푼도 받지 않고 무료로 업무를 대행해 주겠다고 약속했다.

한 건당 신고수수료를 계산하면 4만 원이 채 안 되는 돈이지만, 세무사들이 제대로 받으려고 마음만 먹으면 전체 금액으로 따져 수백억 원이나 되는 엄청난 금액이었다. 이 엄청난 수입을 포기하겠다고 하자 소속회원들의 반발이 크게 일었다. 나는 단호하게 대처했고, 유가환급금이 모두 지급된 후 정부 관계자를 찾아가 담판을 지었다.

"이번 일로 인해 우리 세무사들이 국민들을 위해 적지 않은 희생을 감내했다는 걸 잘 알고 계실 겁니다. 그러니 정부에서도 우리 세무사들을 위해 뭔가를 해주어야 하지 않겠습니까."

2008년 7월, 중국 쓰촨성 지진피해 복구 성금을 전달하며(북경에서)

　나는 정부 관계자와 협의를 통해 그때까지 전산으로 세금을 신고하면 1건당 1만 원을 세금으로 공제해주던 혜택을 늘려서 1건당 2만 원으로, 그리고 얼마 되지 않아 다시 건당 2만 원에서 건당 4만 원까지 세금공제가 가능하도록 올려놓았다. 한때 수백억 원이라는 막대한 수입을 포기하며 희생했지만, 오히려 그것이 세무사들의 권익과 수입을 더 높이는 계기가 된 것이다.

　내 평소 지론인 '주어라, 그리하면 더 많이 주어질 것이다(give, and more will be given to you)'라는 말을 다시 한 번 전국의 모든 세무사들에게 각인시켰다. 그리고 이를 계기로 국민들로부터 큰 인기가 없었던 세무사들은 나눔과 섬김의 대명사로 자리매김하게 되었다.

KBS1 HD

국세청장 후보군
조용근 회장, ─ 前 서울청장, ─ 관세청장 등

2009년 1월, KBS 9시뉴스 국세청장 후보 하마평

세무사가 바뀌자 자연히 관계 당국인 국세청의 반응도 바뀌어갔다. 이 모든 게 결국 하나님이 나를 통해 이 땅의 납세서비스 문화를 바꾸시려는 의도가 아니고 무엇이겠는가.

이런 연유로 2년의 임기를 무사히 마치고 1차례 연임할 수 있는 2009년 세무사회장 선거에서는 투표 없이 전국의 모든 세무사회원들의 추대형식으로 세무사회장을 연임하게 되었다. 50년 세무사회 역사에서 보기 드문 기적 같은 일이었다.

훗날 사람들이 나를 어떻게 평가할지 모르지만, 이참에 크리스천이 자주 겪고 있는 '십일조와 세금'과 관련해서 나의 신앙적 소신 중 하나를 꼭 밝히고 싶다. 세무공무원으로 36년간 일했고, 세법에 관해서는 그 누구보다 많은 지식과 철학을 지니고 있다고 자부한다. 하지만 나는 지금까지 교회에 십일조 및 감사헌금을 바친 후, 단 한 번도 연말정산 때 기부금 공제를 받은 적이 없다. 이것은 물론 내 개인적인 견해와 행동임을 밝혀 둔다.

천지를 창조하신 하나님은 만물의 주관자이시자 우리의 주인이시다. 우리가 교회에 헌금을 하는 것은 하나님께서 헌금 생활을 하도록 명령하셨고, 또 수확과 소득을 주신 하나님께 감사를 표하려는 믿음의 행위이다. 즉 우리가 하나님께 기부한 것이 아니라는 뜻이다. 세상 모든 것들의 주인이신 하나님이 무엇이 부족하여 우리에게 기부를 받는단 말인가. 그러므로 하나님께 드리는 헌금은 연말정산 기부금 세금 혜택을 받아서는 안 된다는 것이 내 소신이다. 어떤 지인들은 혜택을 받은 만큼 다시 하나님께 드리면 된다고 말씀하셨지만, 그 헌금은 하나님께 올리는 순간 그분이 받으시는 것으로 끝나야 한다. 감사함에 대한 마음의 표현이 보상을 바라고 하는 것은 아니지 않은가.

몽골에 전파한 세무사제도

세무사회 회장이 된 후 나는 한국의 세무사회가 세계 여러 나라들과 국제적으로 교류하며 함께 발전해야 한다고 생각했다.

참고로 세무사 업무는 독일이 역사가 깊고 가장 잘 발달돼 왔다. 한국도 이 독일식 세무사 업무가 일본을 거쳐 한국에 들어와 정착됐다. 그러나 요즈음엔 영국에서 발달해 미국으로 넘어간 영미(英美)식 세무사제도가 더 합리적이고 배울 것이 많다고들 한다. 어느 쪽이 100% 만족스럽다고 말할 수는 없다. 좋은 것을 우리 현실에 맞게 응용, 발전시켜 나가는 것이 중요하다.

결국 세무업무란 납세의 질을 높여 납세수준을 높이는 것에 최종목적이 있음을 항상 명심하도록 나는 후배들에게 강조하곤 한다.

'아시아 오세아니아 세무사협회(AOTCA)'라는 조직이 있다. 2012

년 창립 20주년을 맞이하게 되며 30여 개국이 회원으로 가입돼 있다. 그런데 묘하게도 2012년이 한국 세무사회가 업무를 시작한 지 50주년이 되는 해여서 나름대로 의미가 있었다. 나는 2012년에 대륙별로 세무사회장들을 초청하는 '세계세무사대회'를 한국에서 여는 것이 의미가 있다고 생각해서 지난 2010년 11월 호주에서 개최하였던 AOTCA 정기총회에 참석하여 각고의 노력 끝에 2012년 이 대회를 서울에서 개최할 수 있도록 유치했다.

이 대회는 각 나라가 세무사의 역할과 효과적인 납세서비스 업무를 공유하고 나눔으로써 매우 의미 있는 행사가 되도록 했다.

또 지난 2011년 3월에는 몽골의 밧바야르 밧자갈 국회 환경식품농업위원장과 세무사협회 회장단 일행이 방한했다. 그런데 그들이 한국세무사회장인 나를 개인적으로 만나자고 했다.

"조용근 회장님! 1960년 1인당 소득이 88불 수준이었던 한국이 어떻게 오늘날 2만 불이 넘게 됐는지 놀랍습니다. 우리 몽골도 이런 한국을 본받고 싶습니다. 그 방법을 좀 알려주세요."

그들은 나를 만나자 대뜸 한국의 경제성장 비결부터 물어왔다.

"정부가 지도력을 갖고 경제발전을 이끌어야 하는데 결국 그 지도력은 재정에서 나옵니다. 그러므로 세금징수가 체계적이고 합리적이 되어야 합니다. 한국은 1966년에 국세청을 만들었는데 그 이전인 1962년부터 세무사법을 제정하여 세금을 내는 국민과 국세청 간의 가교역할을 잘했지요. 세금신고를 성실하게 하도록 징검다리 역할을

2011년 6월 15일, 몽골 국회에서 특강(우측 첫 번째 조용근 회장, 가운데는 몽골
국세청장)

한 것인데 이것이 정부의 조세제도에 많은 도움이 되었으며, 거두어
들인 이 세금으로 많은 일들을 할 수 있기 때문이지요. 몽골도 세무
사 전문자격제도를 빨리 도입해서 적극 활용하시면 좋을 것입니다."

알고 보니 몽골은 세무사법이 아예 없었다. 나는 밧바야르 의원
에게 한국세무사회의 운영에 대해 설명하고 정부가 의지를 가지고
세무사법을 만들어야 한다고 했더니 귀국하는 즉시 나를 몽골에
초청할 테니 와서 국회의원들 앞에서 이런 내용의 강의를 해달라고
했다.

그렇게 해서 민간외교의 사명을 갖고 시간을 쪼개 몽골로 날아가
게 됐다. 그리고 70여 명의 국회의원 앞에서 이렇게 말했다.

"몽골의 경제개발을 위해서는 지하자원의 수출이나 외국자본에
의존하기보다는 자체 재정 확보를 통한 사회 및 산업인프라 조성이

시급합니다. 이러한 재정 확보를 위해서는 선진화된 조세제도와 세무행정의 구축이 필요합니다. 그리고 민주적 세무행정 절차가 이뤄져야 합니다. 그러기 위해서는 납세자를 도와주는 세법 회계 분야의 전문지식을 갖춘 세무전문가를 양성하시기 바랍니다."

결론적으로 나는 세무사제도의 조속한 도입을 주장했다. 그리고 몽골 국세청장과 토론회도 개최했는데 의외로 반응이 아주 뜨거웠다. 나는 틈을 내 몽골 울란바토르 대학에 가서도 '몽골의 경제발전을 위한 재정창출 방안'을 주제로 특별강연을 했다.

내가 이렇게 열심히 역설한 것이 주효했던지 결국 몽골의회에서 세무사법을 입법화하기로 결론을 내고 준비 중이라고 하면서 내게 감사를 표시했다.

이렇게 해외에 가서도 한국의 조세제도를 설명하고 도움을 주는 것도 작은 외교가 아닐 수 없다.

몽골은 아직 저소득 국가이지만 우리나라 국토의 20배가 되는 땅을 가진 나라로 무한한 잠재력이 있다. 이런 나라가 잘 살도록 많은 부분 협력하고 지원해 주는 것도 국제화시대에 꼭 필요한 덕목이 아닐까 여겨진다. 모쪼록 몽골세무사제도가 발전해 몽골의 경제발전의 한 축을 감당할 수 있길 기대한다.

3장

마태목장 이야기

가정교회에 대한 갈망

마태목장이라고요? 소는 몇 마리 키우시나요? 돼지도 키우나요?

처음 마태목장을 시작할 당시 가까운 세상 지인들로부터 많이 들었던 말이다.

이런 일도 있었다. 무더운 여름 어느 날 북한산 계곡에 있는 어느 지인이 소유하고 있는 별장에 목장식구들이 함께 등산을 겸한 야영을 하게 되었다.

좋은 장소와 맛있는 식사를 차려 준 별장 관리인에게 고맙다는 뜻으로 '마태목장 일동'이라고 쓴 사례금 봉투를 전달했다.

관리인은 '목장 일동'이라는 말에 깜짝 놀라서 자기도 예전에는 소와 돼지를 키우는 목장을 운영해본 경험이 있다고 하면서 매우 반기는 모습에 현장에 있었던 마태목장 식구들이 한바탕 크게 웃었던 기억이 난다.

내가 마태목장이라는 가정교회 형태의 소그룹 모임을 결성하게 된 나름대로의 신앙철학이 있었다. 1964년 세례를 받은 후 교회에서 크고 작은 직분으로 교회 일에 관여해 오면서 그때나 지금이나 똑같이 느끼는 것 중 하나가 소그룹 모임에 대한 생각이다. 짧고 모자라는 생각인지는 모르지만 무언가 좀 비효율적이라는 생각을 늘 하고 있었다.

교인이라면 당연히 예배와 모임에 기쁘고 즐거운 마음으로 참여해야 하는데 나의 경우에는 그렇지 못했다. 왜냐하면 주일이면 예배 후 제직회 모임을 비롯해 관련 모임들이 늘 있어왔다.

월요일 직장에 나가야 하는 나는 어떻게 된 형편인지 주일이 더 피곤할 때가 있다. 무엇보다 일주일 내내 직장에서 복잡한 일들을 신경 쓰면서 해나가다 보니 영적 상태가 매우 고갈되어 가고 있었다.

1998년 12월, 당시 내가 다니던 교회에서 장로로 직분을 받게 되어 더욱 열심히 교회를 섬기려고 하였으나 그에 못지않게 직장에서도 많은 업무가 나를 기다리고 있었다. 이러다 보니 주일날 교회 예배와는 달리 구역모임과 남전도회 모임, 그 외의 잡다한 모임에는 자연히 소홀해지고 주위 사람들에게 모범이 되지 못할 때도 많았다. 교회에 대한 불평도 늘게 되고 각종 모임에 대한 회의를 느끼게 되었다. 가끔 담임목사에게도 이러한 비효율적인 모임을 생산적이고 감동적인 모임으로 바꾸어 보았으면, 하고 건의도 한 적이 있었다. 예를 들면 전도회 모임과 구역 모임 등은 통합해서 가정에서 운영하는 소그룹 평신도 모임 등이다.

그 후 몇 년이 지난 2002년경 담임목사께서 미국 휴스턴에 있는 휴스턴서울교회(담임목사 최영기)의 가정교회 프로그램을 살펴보시고 불신자들이 쉽게 교회에 접근할 수 있겠다는 의견과 함께 한영교회에서도 적극 도입했으면 한다고 하셨다.

이것은 평신도 가정에서 불신자와 신자들이 함께 주중에 예배드리고 함께 식사하며 교제하는 가운데 자연스럽게 복음이 접해지고 전도가 되는 프로그램으로 기존 교인들은 교회에 안주해 있지 말고 세상으로 퍼져 나가는 보다 적극적인 전도형태라고 생각이 들었다.

무엇보다 아내와 함께 힘을 모아 부부 모임 형태로 하는 것이 효율성 있는 전도가 될 것이라는 확신이 들었다. 몇 개월의 진지한 논의를 거쳐 드디어 2003년 4월 4일 가정교회가 문을 열게 되었다.

그런데 문제가 발생했다. 당시 다니던 교회와 내가 살고 있는 서초구 방배동 집이 너무 멀리 떨어져 있어 나와 함께 동역하기를 원하는 성도들이 아무도 없었다. 가정교회를 한번 열고는 싶었지만 함께할 동료가 없었다.

그런 상황에서 한 가지 아이디어가 생각났다. 내가 살고 있는 아파트 주민들을 대상으로 개척교회 형태로 문을 열어 보고 싶었다. 그리하여 사람을 모으는 전단지를 만들려고 준비하고 있었다.

그런데 내 마음 한구석에 왠지 모르게 불안한 마음이 들었다. 평소 인사도 제대로 나누지 못하고 지냈는데, 갑자기 이런 전단지를 들이대면 누가 쉽게 마음을 열겠는가. 그리고 아직은 의욕만 앞섰지, 사람을 모은다고 해도 뭘 어떻게 해야 할지, 계획이 전혀 없었다.

'그래. 너무 의욕만 앞서서 일을 크게 벌이면 오히려 낭패겠다. 그러니 내가 지금 가장 잘할 수 있는 곳부터 찾아보자'는 생각이 들었다.

그래서 내가 다니고 있는 직장으로 시선을 돌렸다. 마침 내가 관리하고 있는 직원들의 신상 기록을 보면서 종교가 없는 사람들 위주로 열 명을 선정했다. 당시 나는 서울지방국세청에서 납세지원국장으로 근무를 하고 있었다. 상사의 권위(?)를 최대한 이용해 미리 선정한 열 명의 직원에게 달콤한 제안을 했다.

"이번 목요일 저녁에 시간들이 좀 어떤가? 우리 집으로 식사 초대를 하고 싶은데 시간이 괜찮으면 집으로 올 수 있겠나."

직원들은 처음에 어리둥절한 표정을 짓더니, 이내 고개를 끄덕이며 내 제안을 받아들였다. 나중에 우리 집으로 초대한 내 의도를 모두 밝히고 나서 당시 어떤 생각을 했었는지를 물어보니, 국장이 자기 집으로 초대하는데 누가 마다하겠느냐고 말했다.

나와 아내는 직원들을 초대해 놓고 매일 밤 기도를 드렸다.

"주님, 저희 기도가 아직 당신을 믿지 않는 그들의 마음을 움직이게 해 주십시오. 그리하여 그들이 진정한 행복을 찾게 해 주십시오. 또 저의 헛된 욕심으로 인해 그들의 마음에 벽이 생기지 않게 해 주십시오. 우리의 오랜 노력으로 그들의 마음이 서서히, 아주 천천히 열리게 해 주십시오. 그리하여 먼 훗날 우리의 오랜 만남과 기도가 이 땅에 작은 하나님의 천국이 생기도록 해 주십시오."

2003년 4월 4일 드디어 결전의 첫날이 밝아왔다. 직원들에게 일일이 전화를 걸어 가벼운 마음으로 우리 집으로 오라고 신신당부했다. 퇴근하자마자 아내와 함께 직원들이 먹을 음식이며 다과를 손수 준비했다.

저녁이 되자 약속했던 직원들이 집으로 찾아왔다. 그렇게 아무것도 가져오지 말라고 신신당부를 했는데도, 직원들 손에는 술과 과일 등이 들려 있었다.

넓지 않은 거실에 십여 명의 직원들이 둘러앉았다. 나와 아내를 제외하고 교회에 출석하던 교인은 당시 MBC 문화방송 경제부에 근무하던 허무호 기자(현재는 방콕특파원) 한 명뿐이었다.

나와 아내는 미리 준비한 음식을 내왔다. 식사 준비를 모두 마치고 식사 감사기도를 드리겠다고 하자 다행히 모두들 순순히 따라주었다.

식사를 마치고 미리 준비한 건전가요를 부르며 한껏 흥을 돋우었다. 기타반주는 그 당시 국세청신우회 김진호 형제가 맡았다. 노래가 끝나고 직원들에게 고민거리나 상의할 것이 있으면 주저 말고 이야기를 해보라고 권했다.

"내 그동안 업무에 바빠 자네들이 어떤 고민을 안고 살아가는지, 현재 계획하고 있는 것은 무엇인지 돌볼 겨를이 없었네. 이야기를 쭉 들어보니 다들 자녀교육 때문에 고민이 많은가 본데, 나 역시 아이들을 키우다 보니 자네들이 가진 어려움이 어떤 것인지 잘 알고 있네. 그래서 말인데, 자네들만 괜찮다면 매주 한 번씩 이런 자리를 만들어 같이 밥도 먹고 이야기도 나누면서 자녀들을 위한 기도모임을 정기적으로 가지면 어떨까 하네."

내 제안에 다들 적극 동의해 주었다. 그리하여 다음 주에도 오늘과 같은 모임을 갖기로 하였다. 그때 그중 한 직원은, "이 모임에서만큼은 사무실이야기 하지 않겠습니다"라고 말하며 분위기를 한껏 띄웠다. 모처럼 집안에 웃음이 가득했다. 그런데 다음에 올 때는 혼자 오지 말고 아내와 함께 오기로 결의하였다.

직원들이 모두 돌아가고 난 후, 나와 아내는 뒷정리를 하며 개척 교회 목사님의 심정을 알 수 있었다. 믿지 않는 이들에게 믿음을 주고 그들을 하나님의 나라로 인도하기 위해 모임을 결성했지만, '저들이 과연 매주 나올 것인가?' 한 사람 한 사람 얼굴을 떠올리며 한 영혼이 천하보다 귀하다는 말씀 붙들고 매주 기도하는 심정이 되었다.

그래서 초청된 형제들을 한 식구같이 연령순으로 형님 동생으로 호칭하고, 아내들에게는 '○○엄마'가 아닌 자기 원래 이름을 부르기로 아내와 약속했다.

마태목장의 탄생

일주일이 흘러 두 번째 모임이었다. 지난주보다 한 명이 추가로 초청되었다. 그런데 앞으로는 내가 이 모임의 주체가 되는 것이 바람직하지 않다는 생각이 들었다. 그래서 참석한 식구들 스스로가 모임의 주체가 될 수 있도록 몇 가지 제안을 했다.

어떤 모임이든 한 사람이 주도해서 모이는 모임은 한계에 부딪힐 수밖에 없다. 참석한 식구들 스스로 모임을 체계화시켜 나가면서 연결고리를 찾을 수 있게 동기 부여를 해주는 것이 그 모임을 오래 지속시킬 수 있는 방법이라는 것을 나는 오랜 경험을 통해 알고 있다.

식구들에게 모임을 지속시키려면 궂은일을 맡아 줄 총무도 뽑고, 모임의 정체성을 나타내기 위해 모임 이름도 만들어야 한다고 제안했다. 총무 뽑는 것은 의외로 쉽게 진행되었다. 평소 동료들 사이에서 살림꾼으로 소문난 최근행이라는 친구가 만장일치로 뽑힌 것이다. 그 형제는 지금 국세청 간부를 거쳐 세무사로 개업 중에 있다.

모임의 이름짓기는 저마다 의견이 달랐다. 나는 이미 내 마음속에 정해 놓았지만 그래도 더 좋은 이름이 있을까 하여 다음 모임 때까지 각자 하나씩 모임의 이름을 지어오라고 했더니 기상천외한 이름이 나왔다. 그 의견들을 모두 들은 후, 조심스럽게 내 의견을 제시했다.

"자네들 혹시 '마태'라는 인물을 아는가?"

식구들은 어리둥절한 표정으로 서로를 바라보았다.

"마태라는 분은 2천 년 전에 고대 이스라엘에서 활동하던 역사적인 인물이네. 나중에는 예수님의 제자가 된 분이라네. 그런데 그분은 2천 년 전(前) 우리의 대(大) 선배님이시네. 그분도 세리(稅吏, 세무관리)였네."

식구들의 입에서 웃음이 터져 나왔다. 나는 그때를 놓치지 않고 분위기를 주도해 나갔다.

"그런데 그분은 회심을 하여 나중에는 정말 훌륭한 성인(聖人)이 되었지. 그리고 훌륭한 역사서를 쓰신 분이네. 궁금하지 않나? 그래서 나는 이 모임 이름을 그분의 이름을 따서 '마태목장'이라고 지으면 어떨까 싶네. 우리 같은 세금쟁이 출신이 역사 속에서 위대한 인물 중 하나라는 게 왠지 자랑스럽지 않은가?"

내가 말을 마치자 식구들은 고개를 끄덕이며 호기심 가득한 눈으로 나를 쳐다보았다.

"그럼 모두 동의한 것으로 알고 우리 모임의 이름을 '마태목장'으로 정하겠네. 그리고 자네들을 한 식구로 생각하고 편안하게 대하고 싶네."

식구들은 모두 박수를 치며 내 말에 동의했다. 모든 것이 내가 계획한 대로, 아니 정확히 말하자면 하나님이 계획하신 대로 흘러가고 있었다.

모임이 지속되자 함께 기도도 하고, 찬송가도 부르고, 성경말씀도 나누고 싶었다. 하지만 갑자기 모임의 성격을 바꾸면 거부감이 들게 마련이다. 그래서 찬송가 대신 일반 건전가요를 부르며 분위기를 서서히 바꿔 나갔다.

"매주 모일 때마다 밥 먹고 노래만 부르니 이제 지루해지는 것 같은데 말이지……. 그래서인데 우리 그 마태라는 선배님이 쓰신 역사책을 매주 조금씩 나눠서 읽어 보면 어떨까?"

"좋습니다. 우리도 그 마태 선배님이 쓴 책이 궁금하기는 합니다."

조심스럽게 꺼낸 말이었는데, 식구들의 반응이 의외였다. 거부감은커녕 마태 선배님에 대한 호기심이 성경이라는 종교서에 대한 벽을 자연스럽게 허물어뜨린 것이다. 이 기회를 놓치지 않기 위해 너무 심한 거부감이 들지 않을 정도로 조금씩 식구들과 같이 마태복음서를 읽기 시작한 것이다. 마태복음서는 쉽게 이해를 할 수 있도록 미리 구입해 둔 '쉬운 성경책'으로 읽었다.

당시 잊지 못할 에피소드가 하나 생각난다. 성경을 읽던 중 총무인 최근행 형제의 아내 김태희 씨가 했던 말을 아직도 잊지 못한다.

"저기…… 근데, 성경은 어떻게 읽는 거죠?"

그 말을 듣는 순간, 나는 뒤통수를 강하게 얻어맞은 것 같은 충격을 느꼈다. 그러고는 신앙을, 성경을 처음 접하는 사람들에 대해 처음으로 생각해보기 시작했다. 또 나 자신을 돌아보는 계기도 되었다. 나는 성경을 어떻게 읽고 있었나를 반문해보았다. 그리고 많은 깨달음을 얻게 되었다.

시간이 흐를수록 마태목장 식구들은 점차 내 의도를 눈치채기 시작했다. 잠시 망설였지만, 이내 마음을 다잡았다.

'좋아, 이제 망설일 필요 없다. 본격적으로 정면돌파해 보는 거야.'

이때가 기회다 싶어 좀 더 공격적으로 모임을 주도했다. 전보다 성경 읽는 양을 늘리고, 조금씩 기도하는 시간을 가지기 시작했다. 다소 지루해하는 식구들도 있었지만, 마태 선배님에 대한 호기심은 커져만 갔고, 그로 인해 점점 몰입하는 정도가 깊어졌다. 이제는 모임에서 부르는 노래도, 유행가나 건전가요에서 복음성가로 서서히 옮겨갔다.

그렇게 모임이 지속되던 어느 날, 나는 식구들을 모아놓고 한 가지 제안을 했다.

"이 모임에 3개월이나 참석해 준 자네들에게 진심으로 고맙게 생각하네. 3개월이 지난 지금 이 시점에 그동안 이 모임에 참석해 본 소감문을 한번 써 보는 것이 어떨까 싶네."

참된 믿음을 심기까지

일주일 동안 목장식구들 스스로 판단하고 느낄 수 있게 최대한 여유를 주었다. 그리고 그 다음 주에 다시 한자리에 모였다.

지난 3개월 동안의 성적표를 받는 심정으로 식구들의 얼굴을 하나하나 바라보았다. 마음속에 걱정이 앞섰다. 순수한 친목모임이 특별한 종교 색을 띠는 모임으로 바뀌어가는 것을 아무렇지도 않게 받아들일 수 있을까?

그러나 그것은 나의 기우였다. 식구 한 사람 한 사람의 얼굴이 빛나고 있었다. 지난 일주일간 그들은 소감문을 쓰기 위해 3개월 동안 목장에서 느꼈던 것을 되돌아보았을 것이고, 그것이 그들의 마음에 긍정적이든 부정적이든 어떤 마음의 동요를 일으켰을 것이다.

그런데 그 마음의 동요가 지극히 긍정적인 쪽으로 기운 것이 분명했다.

그들은 하나둘씩 자신이 지난 3개월 동안 느꼈던 소감문을 나에게 건넸다. 그걸 받아들면서 나는 가슴에서 뜨거운 어떤 것이 올라오는 것을 느꼈다. 내 오랜 노력이 이들을 조금이나마 변화시켰다는 것에 대해 하나님의 놀라우신 은혜를 체험하는 순간이었다. 겨우 눈물을 참으며 목장식구들의 말에 귀를 기울였다.

목장식구들은 그동안 기존교회에 대한 자신들이 느낀 선입견이나 부정적인 것들에 대해 불만을 쏟아냈다. 그러면서 마태목장에서처럼 이렇게 순수한 의도로 접근했다면 자신들이 그렇게 심한 거부감은 가지지 않았을 것이라고 말했다. 그리고 가랑비에 옷 젖듯이 차츰 믿음이 생긴 것에 자기들도 놀랍다고 고백했다. 그들은 고정관념을 버리고, 마태목장의 순수성에 고맙다고 했다.

그러던 어느 날 교회에서 목장별 새벽찬양순서가 있었다. 그리고 순서 중에 간증을 하는 시간도 함께 주어졌다. 아직 신앙의 초보인 이들이 과연 새벽기도에 나올 수 있을까 나는 몹시 걱정했는데 다들 의외로 새벽에 일찍 나와 함께 찬양하였으며 일부는 지난 3개월간의 소감문도 읽었다.

지난 3개월 동안 자신을 변화시킨 많은 일들, 그리고 앞으로는 주님의 자녀로 살겠다고 고백하는 정말 감동적인 시간이었다.

그때 기존 교인들은 적잖은 충격에 빠졌다. 그리고 자신들의 나태한 신앙생활에 대한 반성과 앞으로의 다짐을 고백하는 정말 뜻깊은 새벽예배 시간이었다.

그 이후로 마태목장 식구들은 여름휴가도 같이 보냈으며, 목장 모임 외에 다른 외부 봉사활동도 같이 하면서 많은 시간들을 함께 보냈다. 그리고 어느 정도 신앙에 대한 영적갈증이 생겼다 싶을 무렵이라고 생각될 때 한 명 한 명씩 교회에 등록하도록 했다.

그러나 그들에게 내가 다니는 한영교회에 출석하라고 강요하지 않았다. 가급적 자기 집에서 가까운 교회에 출석할 수 있도록 집 가까운 교회로 찾아가도록 당부했다. 그때 나는 다짐했다.

하나님이 나에게 주신 사명은 그들이 교회에 대한 잘못된 선입견을 버리고 행복하게 신앙생활을 할 수 있도록 돕는 가이드 역할이라고……, 또 그것이 내 평생의 사명이 되기를 간절히 소망하면서 살아가고 있다.

정확히 2003년 4월 4일부터 시작하여 2010년 4월 4일까지 한 주간도 빠지지 않고 목장모임을 지속시켜 오다가 7년 만에 목장 문을 닫게 되었다. 왜냐하면 식구들의 믿음이 어느 정도 홀로서기 수준에 이르렀다고 생각했기 때문이다. 그리고 하나님께서 명령하시면 마태목장 2기도 고려 중에 있다.

지난 7년 동안 위기도 더러 있었다. 마태목장 문을 연 지 1년 후 국세청에서 자리를 옮길 기회가 생겼다. 그때 나는 연고지인 대구지방국세청장으로 가기를 원했다. 하지만 정작 원하지 않았던 대전지방국세청장으로 발령이 나버렸다. 개인적으로 다소 섭섭했으나 갑자기 마태목장의 한 식구가 쓴 소감문이 문득 생각났다. 순간 머릿속에 한 줄기 깨달음이 훑고 지나갔다.

'그렇다. 아직 하나님께서는 나에게 마태목장을 좀 더 맡기시려는

2007년 8월, 마태목장 회원들과 함께한 소망의 집 봉사

것이구나. 또 아직 주님을 만나지도 못하고 세상 가운데서 방황하는 사람들이 주위에 많다는 것을 나에게 알려주시는 거구나.'

만약 내가 대구로 전근되었다면 마태목장은 문을 닫아야 할 처지였다. 그러나 한 시간밖에 걸리지 않는 대전으로 발령을 내 주신 것은 분명 하나님 뜻이었다.

잠시 섭섭하게 생각했던 나 자신이 부끄러워졌다.

그 후 목장 모임을 금요일 저녁으로 바꿨다. 대전에서 일을 마치고 곧바로 KTX를 타고 1시간 정도 걸리는 서울로 올라오는 생활을 계속했다. 마태목장 식구들과 계속 함께할 수 있게 된 것은 참으로 놀라우신 하나님의 은혜다.

우리는 일주일에 한 번 이상을 계속해서 만났다. 심지어 여름휴가도 같이 다니고 특별행사도 같이 했다. 또 목장 모임과는 별도로 한 달에 한 번씩은 서울 시내에서 가장 열악한 환경에 있는 정신지체박약아들의 시설인 송파구 거여동에 있는 '소망의 집'을 찾아가 몸으로 봉사활동을 했다.

매월 첫주일 오후에는 어김없이 그곳에서 아이들과 함께 찬송가를 부르고, 이발도 해주고, 목욕도 시켜주고, 청소도 해주고, 마지막으로 함께 간식도 나눠 먹으며 일요일 오후 한때를 보내며 봉사활동을 마친 후에는 저녁 식사도 함께 하곤 했다.

내 욕심 같아서는 일주일에 한 번씩 와서 아이들에게 부족한 부분을 채워주고 싶지만, 마태목장 식구들에게 너무 큰 부담을 지우고 싶지 않았다.

하지만 앞으로 제2, 제3의 마태목장이 문을 연다면 일주일에 한 번은 물론, 더 많은 횟수로 봉사활동을 할 수 있을 것 같다.

그러나 마태목장 문을 연 2003년 4월부터 문을 닫을 때까지 7년 동안 빠짐없이 매월 한 차례씩은 꼭 다녀왔다.

이런 일도 있었다.

'소망의 집'에서 봉사하던 중 하루는 어느 교회에서 왔는지 교인들이 잔뜩 몰려와 성금봉투를 전달하고는 기념사진을 찍는다고 난리법석을 떨고 있었다. 나는 몹시 화가 났다. 당장 달려가 호통을 치고 싶었다. 하지만 갑자기 내 등을 잡아끄는 어떤 힘이 느껴졌다. 그 모습에 화가 나 있는 나에게 진정한 섬김의 의미를 깨닫게 하시려는 것임이 느껴졌다. 갑자기 눈에서 눈물이 주르륵 흘러내렸다. 주위에서 왜 우는 거냐고 물었지만 아무런 대답도 할 수 없었다.

하나님은 마태목장을 통해 내게 나눔과 섬김에 대한 진정한 의미를 몸소 깨우쳐 주셨다. 실천은 없고 보여주기 위한 나눔과 섬김은 아무런 의미도 없고, 오히려 상대에게 깊은 상처만 줄 뿐이라는 사실을⋯⋯.

우리 대부분의 교회가 바로 이 점을 놓치고 있고, 지금도 수많은 곳에서 그 의미를 잃어버린 겉모습만 요란한 나눔과 섬김이 판을 치고 있는 것 같다.

머리로만 생각하는, 머리가 먼저인 섬김은 지양해야 한다. 머리에서 가슴으로 내려와야 진정 남을 돌보고, 다른 사람들의 아픔을 감싸안아줄 수 있는 나눔과 섬김의 정신이 발휘될 수 있다고 본다.

감사하게도 마태목장 식구들이 매월 한 차례씩 '소망의 집'에서 봉사할 때마다 내가 먼저 진한 감동을 느꼈다. 모두가 한마음이 되어 정신지체박약아들을 진정으로 사랑하는 마음으로 정성을 다해 열심히 섬기고 봉사하는 이들을 나는 모두 '천사'라고 부르고 싶다.

그중에 더욱 빛을 발하는 한 천사가 있는데 이만수라는 서울에서 세무서장을 거쳐 지금은 세무사로 개업 중인 형제다. 봉사할 때 그는 남들이 꺼리는 일을 스스로 자기 몫이라고 하며 주저 없이 열심히 하는 형제다.

오늘도 나는 우리 마태목장 식구들을 생각하면서 진정한 나눔과 섬김의 의미를 되새겨 보고 있다.

먼저 주면 그것보다 넘치게 주신다

　마태목장 모임을 계속 해오면서 우리는 서로의 고민도 털어놓았지만, 주위에 안타까운 사연을 들으면 함께 나누고 해결방안을 찾는 일도 마다하지 않았다. 그중 마태목장 모임의 정체성을 한결 의미 있게 다져준 한 사연을 소개할까 한다.

　어느 날, 한 식구가 모임에서 안타까운 사연을 전했다.

　"그 아이를 볼 때마다 마음이 너무 아파 남몰래 눈물도 많이 흘렸어요. 식당에 다니면서 홀어머니를 모시고 사는 아가씨인데, 태어날 때부터 한쪽 귀가 없어 항상 머리를 길게 길러 귀 부분을 가리고 다닌답니다. 이제 곧 결혼할 나이인데, 홀어머니를 모시느라 자기 몸은 돌보지도 않아요. 피부를 이식해 인공 귀를 만들려면 수술을 두 번이나 해야 하는데, 수술비가 자그마치 7백만 원이나 든다네요. 정말 그 아이만 보면 마음이 아파 죽겠어요."

그 이야기를 들은 마태목장 식구들이 술렁거렸다. 다들 마치 자기 자식의 일인 것처럼 가슴 아픈 표정이었다.

나는 좋은 기회라고 생각했다.

"우리가 그녀를 도우면 어떨까? 우리가 그녀에게 선물을 주자. 그녀가 자신감을 가지고 사회에 나가 당당하게 제 몫을 해나갈 수 있도록 우리가 그녀를 도와주자."

식구들은 모두 고개를 끄덕이며 뜻을 모았다. 단 한 번의 망설임도 없이 어려운 이웃을 돕겠다는 의지로 내 의견에 뜻을 같이했다.

우리는 각자 형편이 되는 대로 정성을 표시했다. 하지만 수술비에는 턱없이 모자란 금액이었다. 처음으로 식구들이 뜻을 모았는데 그 결실을 얻지 못할까 걱정이 되었다. 주위의 도움을 기다리는 아이도, 그러나 도와주고 싶어 어려운 선택을 한 식구들도 실망시키고 싶지 않았다. 그래서 수술비로 모은 돈 중 모자란 금액은 내가 직접 채워넣기로 했다.

두 차례에 걸친 수술은 모두 무사히 끝났다. 그 후 그녀는 어머니와 함께 우리를 찾아와 감사의 마음을 전했다. 수술을 마친 그녀의 얼굴은 더욱 예뻤다.

"정말 고맙습니다. 뭐라고 감사의 말씀을 전해야 할지 모르겠어요. 여러분이 제게 주신 새 삶이라 여기고 열심히 살겠습니다. 그리고 저 역시 여러분들처럼 어려운 이웃을 도우며 살아가겠습니다."

두 모녀는 말을 채 마치지 못하고 눈물을 펑펑 쏟았다. 그 모습을 바라보던 목장 식구들의 눈에도 어느덧 눈물이 고여 있었다. 또 앞으로는 자기들도 예수 믿고 교회에 출석하겠다는 약속을 할 때, 나와 목장 식구들은 참았던 눈물을 쏟아냈다.

우리는 두 사람에게 단 한 번도 교회에 나가라고 권유하지 않았다. 우리의 진실한 마음이 그들의 마음을 움직인 것이다. 이것이야말로 내가 원하는, 또 우리 마태목장이 원하는 전도였다.

2008년 중국 출장 중 북경에서 우연히 만난 조선족 현지인의 애틋한 사연을 들을 기회가 있었다.

그녀는 자신의 남동생이 돈을 벌기 위해 한국에 가서 온갖 고생을 하고 있다는 이야기를 털어놓았다. 그녀는 한국에서의 인간 차별과 멸시하는 분위기 때문에 동생이 당한 일들을 이야기하며 안타까운 마음을 누르지 못하고 눈물을 흘렸다.

한국으로 들어오자마자 그 조선족 남동생을 수소문했다. 그의 누나 말대로 그는 온갖 고생을 하며 외국인 노동자라는 굴레를 온몸으로 견디고 있었다. 즉시 그에게 마태목장에 대해 설명을 하고 함께 모임에 참석하자고 권유했다. 그리고 모든 식구들 앞에서 그에게 현재 고민이 무엇인지, 무엇을 하고 싶은지 털어놓게 하였다.

"이렇게 못난 저를 마태목장 식구로 받아주신 것만으로도 저는 여러분에게 감사를 드립니다. 저는 하루라도 빨리 돈을 벌어 아내와 함께 중국으로 돌아가 행복하게 살고 싶습니다."

그는 별다른 기술이 없어 한국에 정착하기 힘들었음을 털어놓았다. 우리는 그에게 현재 하고 있는 일을 발전시켜 퀵서비스 사업을 해

보는 게 어떻겠냐고 제안했다.

시간이 흘러 그는 우리의 도움으로 사업을 시작했고, 원하는 만큼의 돈을 벌어 아내와 함께 중국으로 잠시 돌아가게 되었다.

◇ 마태목장 식구들의 결단문 ◇

- 선한 일에 용기를 가지며, 악을 악으로 갚지 말자.
- 항상 연약한 자를 도우며, 병든 자를 찾아보자.
- 곤란 당하는 이웃을 위로하자.
- 모든 사람을 존경하며 하나님을 섬기고 사랑하자.
- 모든 일을 믿음과 사랑으로 행하며, 어떤 일에도 소망을
  포기하지 말자.
- 그리고 항상 기쁨과 감사의 생활을 해 나가자.
- 그렇게 하면 우리 하나님 아버지는 우리를 항상 도와주실 것이다.

※ 마태목장 모임을 마치고 헤어질 때 모두 함께 외치는 결단문 내용

"그동안 도와주셔서 감사드립니다. 저는 일단 중국으로 돌아가 집안을 돌보고 다시 한국으로 돌아와 제가 받은 은혜를 다른 사람에게 베풀며 살아가려고 합니다."

중국으로 들어가는 그에게 성경책 한 박스와 운반비용을 함께 들려 보냈다.

한참이 지나 한국으로 다시 돌아온 그는 내가 보내준 성경책을 어머니가 보고 얼마나 좋아하시던지 중국에 있는 내내 나와 마태목장 생각을 하게 되었다고 했다.

그는 한때 우리 마태목장의 일원이었으나, 이제는 동네 순복음교회에 출석을 하는 어엿한 크리스천이 되었다.

또 잊을 수 없는 어려운 장애인 부부가 생각난다. 1994년경 전국 지체장애인 서울나들이 행사가 있었는데 우리 집에서 3일간 홈스테이로 초청된 한 자매가 있었다. '김성자 1급장애인 전도사'. 현재 대전 시내의 철거민아파트에서 자신보다 더 어려운 지체장애인 10여 명을 자기 집에서 기숙시키며 이들을 뒷바라지해 주고 있는데, 너무나 우리에게 감동을 주고 있어 마태목장에서 매월 정기적으로 후원해주고 있으며, 목장 모임 때도 가끔 초청해 함께 교제하기도 하며, 2006년 여름휴가 때는 동해 바닷가로 함께 동행하기도 했다.

우리 주변에는 이렇게 소외되고 고통받는 이들이 의외로 많다. 사각지대에 놓여 있어 도움을 받을 기회마저 없는 어려운 이웃들도 적지 않다. 이들에게 관심을 갖고 도움을 주며 사랑을 나누는 일은 예수께서 가르치신 '네 이웃을 내 몸같이 사랑하라'는 말씀에 다가가는 것이다.

나는 가끔씩 내 주변을 찬찬히 되돌아본다. 바로 가까이에 진정 도움을 필요로 하는 어려운 이들이 있는지를 말이다.

이 밖에도 마태목장을 통해 새 삶을 찾거나, 어엿하게 한 사람의 몫을 해내게 된 사람이 상당수 있었다.

마태목장이 만든 기적은 크다고 자신하지 않는다. 하지만 우리의 나눔은 점차 많은 사람들의 가슴에 남게 될 것이다. 그리고 좀 더

2012년 12월, 석성 중증장애인 사랑의 쉼터 건립기금 전달
(저자(좌), 김성자 전도사(1급 지체장애)(중앙), 유태환 한국해비타트 상임대표(우))

많은 사람들의 가슴 속으로, 좀 더 넓은 곳으로 서서히 그리고 진하게 새겨질 것이다.

남에게 먼저 주면 하나님은 그것보다 더 넘치게 나에게 채워 주신다. 그러나 많은 사람들은 "먼저 주시면 나도 드리겠다"고 말한다. 내 경우 정말 자신 있게 말할 수 있는 신념이 바로 이 부분이다. 먼저 나눔을 실천해보라. 그곳에 함께하는 하나님의 손길을 분명히 느낄 것이다.

4장

나눔으로 세상을 밝히리라

기적은 순간마다

교육과학기술부 검정
2011. 8. 19.

중학교 **도덕3**

윤건영 · 이남인 · 황기숙 · 하정혜 · 김형철 · 양정석
김상희 · 김태훈 · 육근성 · 하남결 · 전영대 · 조석영

2 종교의 가치와 현실 종교에 대한 이해

인간이 종교의 시초이며, 인간이 종교의 중심이며, 인간이 종교의
끝이다.　　　　　　　－ 포이어바흐(Feuerbach, L. A., 1804~1872)

• 종교의 주요 가르침에 대해 설명할 수
있다.
• 종교가 우리에게 미치는 영향에 대해 설
명할 수 있다.
• 오늘날 종교가 가진 특징적 모습에 대해
말할 수 있다.

사회적 실천 - 개신교의 밥퍼 운동

ⓒ 중앙교육진흥연구소

저자가 명예본부장으로 있는 다일공동체 밥퍼나눔운동이 개신교의 사회적 실천모범사례로 선정되어
현재 중학교용 도덕 교과서에 소개되었다(사진 맨 오른쪽이 저자이며, 왼쪽은 강신호 동아제약 회장
(전 전경련 회장)임. 중앙교육진흥연구소 발행 중학교 도덕교과서 p214)

"석성(石成)장학회는 희한하네요"

"용근아! 네가 알다시피 나와 네 어머니는 한평생 살면서 초등학교 문앞에도 가보지 못했다. 그래서 너희들만은 어떤 어려움이 있더라도 열심히 공부해서 사회에서 떳떳하게 살아 주었으면 한다이."

아버지는 생전에 늘상 나에게 이런 말씀을 하셨다. 그러던 아버지께서 유난히도 눈이 많이 온 1984년 12월 30일 한밤중에 하늘나라로 가셨다. 또한 나의 어머니는 이보다 한참 전인 내가 군복무 중이던 1972년 겨울에 먼저 하나님의 품에 안겼다.

그런데 아버지는 서울 구의동에 있는 자그마한 한옥집 한 채를 남겨주셨다. 가족들과 상의한 후에 집을 처분하여 마련한 5천만 원 상당의 유산을 10년간 재테크를 했더니 무려 2억 3천만 원으로 늘어났다. 당시 공무원 재산등록할 때여서 아내와 상의하여 장학재단을 만들기로 하였다.

이름을 무엇으로 할까 고민하다 아버지와 어머니의 이름 가운데 글자를 각각 따서 '석성(石成)장학회'라고 지었다. 당시 법인으로 인가를 받으려면 3억 원 이상이 되어야 했지만 돈이 부족했던 관계로 정식 법인으로의 설립은 불가능했다.

할 수 없이 석성장학회라는 임의단체로 장학사업을 시작하였다. 아버님께서 돌아가신 지 10년 만에 드디어 아버님과 어머님을 기념하여 석성장학회를 발족하게 된 나는 그저 감개무량할 따름이었다. 물론 지난 85년부터도 개인적으로 장학금을 지급해 왔지만 석성장학회로 정식 출범할 당시는 강원도 산골 마을 위주로 장학금을 지급하기로 하고 그 지역에서 목회활동을 하고 계시는 목사님들께 장학생 추천을 정중하게 부탁드렸다.

목사님들께서 추천하고자 하는 학생들은 대부분 성적이 우수한 학생들이었으나 석성장학회는 성적이 우수한 학생보다 가난해서 공부하는데 어려움을 겪는 학생들을 뽑는다고 말씀드렸더니, "석성장학회는 참 희한하게 장학생을 선발하네요"라며 의외라는 반응들을 보였다. 하지만 그 뜻을 이해하시고는 다들 진심으로 고마워하셨다.

그러한 형태로 매년 꾸준하게 장학금을 지급하다가 드디어 2001년도에 와서 장학기금을 3억 원으로 늘릴 수 있게 되었으며, 서울시교육청으로부터 정식으로 '재단법인 석성(石成)장학회'로 설립인가를 받게 되었다.

무엇보다 2004년 말, 국세청에서 명예퇴임하고 난 후부터는 가급적 내가 노력하여 벌어들인 수입으로 장학기금을 늘리기로 마음먹었

2014년 4월 19일, (재)석성장학회 창립20주년 기념식 및 장학금 전달식

다. 또 장학재단 일반 운영비를 최대한 줄이는 대신 수입의 80% 이상을 모두 장학금을 지급하도록 노력했다. 주변의 지인들도 나의 이러한 좋은 뜻을 이해하고 동참해 주었다.

　장학회 설립 20여 년이 지난 지금은 장학기금이 무려 17억 5천만 원으로 불어났다. 또 행정당국의 허가를 받아 이자가 많은 제1금융권은행의 후순위채권 이자수입과 세무법인 석성 본사와 일곱 개 지사에서 발생한 이익이 아닌 연간 매출액의 1%를 비롯해서 또 뜻있는 지인들의 후원금 등으로 매년 1억 5천만 원 상당의 장학금이 어려운 이웃들의 자녀들에게 전해지고 있다. 그래서 지금까지 2천여 명의 어려운 중·고·대학생들에게 16억 상당의 장학금을 지급했다. 최근 2014년 4월 19일에는 장학재단 창립 20주년 기념행사와 더불어 2014년 장학금 전달식을 가졌다.

장학금 전달식 때마다 나와 아내를 비롯한 온 가족 모두가 하나님의 기적 같은 섭리와 은혜에 감사드리며, 무엇보다 하나님의 영광을 위해서 차질 없이 이루어져 가고 있어 더없는 기쁨을 느끼기도 한다.

석성장학재단이 무엇보다 중요한 것은 나의 사랑하는 아들 성제와 딸 수빈이에게 좋은 유산으로 물려주고 싶어 더더욱 애착이 가는 우리 집안 최고의 보물이기 때문이다.

몇 년 전 딸 수빈이가 대학을 졸업하고 이 세상에 태어나서 처음으로 받은 직장 봉급 전액을 석성장학재단에 내고 싶다고 했다. 그 이야기를 듣는 순간 나도 모르게 눈물이 났다. 딸을 잘 키웠구나 생각하고 나는 몹시 기뻤다. 또 3년 전 딸의 결혼식 때 받은 축하금 5천만 원과 1년 전 아들 결혼식 때 받은 축하금 1억 원 모두를 장학재단에 기부하게 되면서 아들 성제와 딸 수빈이에게 깊은 인연을 갖게 해주었다. 지금도 보다 나은 내일을 위해 열심히 학업에 매진하고 있는 아들과 병원에서 치과의사로 열심히 일하고 있는 사랑하는 딸의 귀여운 모습을 보고 있노라면 왠지 모르게 진한 감동을 느낀다.

사랑한다. 성제야! 수빈아!

세무법인 석성(石成)의 탄생

"내가 너에게 주는 달란트는 평생 동안 남을 섬기고 돕고 나누며 봉사하는 것이다.

너는 이를 통하여 나를 영화롭게 하고 영광을 돌려라."

3박 4일 동안의 기도원 생활로 몸은 피곤해졌지만 내 생각과 정신은 또렷하고 맑았다.

지난 36년 동안의 공직생활을 모두 마무리하고 민간세상으로 나오던 날, 홀가분하다는 마음 이면에 약간의 두려움이 마음 깊숙한 곳에서 꿈틀거렸다. 그냥 앞만 보고 달려온 지난 36년을 뒤로 하고 모든 걸 처음부터 다시 시작해야 한다는 생각이 나를 더욱 긴장시키고 있었다.

'이제 나에게 남은 삶은 어떤 삶일까? 하나님이 예비하신 내 인생 후반전은 어떻게 전개될 것인가?'

아무리 생각해도 명확한 실체가 잡히지 않았다. 그동안 쌓아놓은 세무경력이 있었기 때문에 돈만 벌 생각이라면 크게 고민할 것은 없었다. 그러나 좀 더 의미 있는 삶을 위해서는 내가 가지고 있는 것을 이웃에게 나누어 주는 삶이 되어야 하지 않을까? 라는 생각이 들었다.

그렇게 생각하고 나니 의외로 간단히 답이 나왔다. 그렇다. 하나님은 나에게 새로운 삶의 의미를 주시기 위해 지금 나를 부르고 계시는 것이다.

"지금 저는 하나님께서 예비하신 삶의 후반전으로 접어듭니다. 당신께서 미리 예비하신 길이 아무리 험난하다 할지라도 저는 당신을 믿고 그 길로 걸어가겠습니다. 제 후반전 삶은 지금까지 받은 사랑을 다른 사람에게 나눠주는 그런 삶이 될 줄로 믿습니다. 그 삶을 잘 살아갈 수 있도록 제게 길을 열어주십시오."

하나님은 내가 기도하는 3일 동안 내 몸에 남아 있는 공직신분에서 가지고 있던 불필요한 모든 힘을 빼시고, 그 안을 새로운 마음으로 가득 채워주셨다. 그리고 벼락같은 목소리로 나를 다시 세상으로 보내셨다.

퇴직 후 6개월간은 어떤 법무(회계)법인에 합류해 일하다가 아무래도 하나님의 뜻을 이루어 드리기 위해서는 내 나름대로의 경영철학이 담긴 사업체를 직접 만들어 운영하는 것이 좋을 것 같아 내가 전공하던 세무분야의 별도 독립 법인을 설립하기로 결심하고 사무실을 차렸다. 법인의 이름은 아버지와 어머니의 가운데 이름을 따서 만든 '석성장학회 재단'과 관련시키기 위해서 '세무법인 석성(石成)'으로 결정했다.

2005년 11월 11일 11시는 하나님께서 예비하신 내 후반전 인생이 처음으로 열리는 엄숙한 순간이었다.

개업식 준비를 하면서 뭔가 의미 있는 이벤트를 할 수 없을까? 하고 고민에 고민을 거듭했다. 인생 2막은 나눔을 천직으로 생각하고 실천하겠다고 마음먹은 이상 개업식부터 뭔가 이웃에게 나눌 수 있는 방법을 생각했다.

생각 끝에 주위에서 흔히 있는 개업식마다 줄지어 늘어선 화환들이 떠올랐다. 개업식을 찾아갈 때마다 사무실 앞에 늘어선 화환들을 보면서, 이게 무슨 허례허식인가 하며 안타까운 마음을 감추지 못했었다.

'그래, 쓸모없는 화환 대신 다른 걸로 받자.'

개업식에 초대할 축하객 명단을 작성한 후, 초청장을 만들면서 그 안에 다음과 같은 문구를 삽입했다.

"화환을 보내주시는 것도 정말 고맙지만
화환을 보내는 비용으로
'사랑의 쌀'(20kg 한 포대 5만 원)을 구입해 주시면,
더 고마운 마음으로
어렵고 소외된 곳에 잘 사용하겠습니다."

2007년 4월, 세무사회장 취임식 때 사랑의 쌀 전달식

초청장을 보내놓고 보니 약간의 두려움도 있었다. 혹시 내 의도를 오해한 지인들이 불쾌하게 생각하지는 않을지 걱정이 되었다. 지금 와서 드는 생각이지만, 어려운 이웃을 도우려다 화환을 팔아 밥을 먹고 사는 화훼업자들에게 피해를 입힌 건 아닌지 하는 후회도 들었다.

하지만 다소 무례한 내용의 초청장을 받은 지인들은 "역시 조용근 청장다운 발상"이라며 박수를 보냈다.

석성개업식에 찾아온 손님마다 화환 대신 '사랑의 쌀'을 구입해 준 것은 물론이다. 개중에는 '사랑의 쌀'을 구입하고도 그래도 개업식에 꽃이 빠져서야 되겠냐며 막무가내로 화환을 보내준 지인들도 많았다.

무사히 개업식을 마치고 사랑의 쌀값으로 들어온 축하금을 확인한 순간, 내 눈을 의심했다. 축하객들이 무려 5,800만 원이라는 생각보다 많은 성금으로 내 생각에 힘을 보태주었던 것이다. 더구나 보내지 말라고 했던 화환도 2백 개가 넘게 들어왔다.

역시 하나님은 선한 마음으로 일하는 자에게 늘 넘치게 채워주는 분이시다. 지인들의 따뜻한 도움의 손길을 느끼며, 앞으로는 더욱더 나누는 삶을 살겠다는 각오를 다졌다.

개업식 축하금으로 받은 5,800만 원에 이르는 '사랑의 쌀' 성금은 구룡마을 독거노인 8백 명과 밥퍼나눔운동본부, 복지시설 소망의 집, 샘물 호스피스 그리고 국세청 직원들 중 암으로 투병 중인 후배들에게 골고루 나눠 주었다.

그 후 2차례에 걸친 한국세무사회장 취임식 때 다시 한 번 축하화환을 보내는 대신 '사랑의 쌀'을 구입해 달라고 호소했다.

이미 세무법인 석성 개업식을 통해 이런 나의 의도를 파악한 지인들은 아무런 의심 없이 내 부탁을 흔쾌히 들어주었다.

2차례에 걸쳐 6,200만 원이라는 적지 않은 성금이 모여 어려운 이웃들을 도울 수 있었다. 불과 2년 동안 1억 2천만 원이라는 거액이 사랑의 쌀로 보내져 아름답게 쓰여졌다. 이 두 번의 경험을 통해 나는 캐치프레이즈 하나를 얻었다.

"나눔과 섬김으로 아름다운 세상을 만들 수 있다!"

나눔은 남는 것으로 하는 게 아니다. 어려운 여건 속에서도 가슴과 가슴이 닿는 그런 나눔, 작은 것이라도 사랑으로 주위를 돌아보고 관심을 가지고 나눌 때 사람의 마음을 움직인다. 진정한 나눔은 도움을 받는 상대방에게 감동을 준다. 그렇게 되면 그는 당장의 도움으로 끼니를 해결하는 것에 그치지 않고, 다시 일어설 수 있는 용기를 가지게 될 것이다.

나는 부족하지만 내 능력의 범위 안에서 어려운 사람들이 경제적으로, 정신적으로 독립하여 스스로 일어설 수 있을 때까지 내 방식의 나눔을 멈추지 않을 것이다. 아니, 멈추지 못할 것이다.

내가 설립한 세무법인 석성은 수익(이익)이 아닌, 연간 매상(매출)의 1%를 석성장학재단에 기부하고 있다. 이 원칙은 세무법인 석성 정관에 명시하여 자동으로 기부되도록 엄격하게 규정해 놓았다.

아울러 나 자신도 개인 수익이 생기면 언제나 나눔을 먼저 생각하고, 개인의 부를 축적하는 데 남은 인생을 허비하지 않도록 항상 나 자신을 경계하고 있다.

나는 세무법인 석성이 추구하는 이념을 다음과 같이 정하여, 그 뜻을 직원들과 함께 나누고 마음속 깊이 새겨두고 있다.

"먼저 남에게 주어 보자, 그러면 우리에게 채워질 것이다. 누르고 흔들어 넘치도록 재어서 우리에게 안겨 줄 것이다."

즉 give and take(주고 받기)가 아니라 give, and more will be given to you(네가 먼저 남에게 주어보라, 그리하면 너에게 더 많이 주어질 것이다)가 된다는 뜻이다. 이때의 콤마(,) 역할을 충실히 하여 세상을 아름답게 바꿔 보자는 뜻이다.

그 결과 지금 세무법인 석성은 전국에 일곱 개 지사를 두고, 70여 명이 넘는 직원들이 함께할 정도로 빠르게 성장했다. 이는 하나님이 내게 주시기로 약속하신 결과물이다. 하나님은 나누는 만큼 더 큰 축복을 내게 약속하셨다. 그 말씀을 믿고 좀 더 많이, 좀 더 자주 나누는 삶이 되도록 노력하고 있다.

참고로 성경 누가복음에서도 예수님께서 이렇게 말씀하셨다.

"너희가 먼저 주어라, 그러면 너희에게도 주어질 것이다. 후히 되어 누르고 흔들어 넘치도록 재어서 더 많이 너희의 품에 안겨줄 것이다 (누가복음 6장 38절)."

나는 사회적 직함을 여러 개 가지고 있다. 그중 '명예' 자가 붙은 공식 직함이 몇 개 있다. 하나는 밥퍼나눔운동명예본부장이요, 다른 하나는 2011년 11월 11일에 해군본부로부터 수여받은 '명예해군'을 비롯한 몇 개가 있다. 모두 내게는 특별한 의미가 있지만 굳이 우선순위를 둔다면 "밥퍼나눔운동 명예본부장"이다.

딸의 결혼식 때 받은 축하금과 세무법인 석성 개업일 축하금 등 이런저런 기금이 모일 때마다 가장 먼저 '밥퍼나눔운동'의 최일도 목사를 찾아간다. 최 목사는 내가 본격적인 나눔의 메신저 역할을 하게 된 가장 가까운 동역자다.

언젠가 하루는 쌀가게를 운영하고 있는 교회 후배를 만났는데,

이 친구 표정이 너무 밝았다. 경제적으로 넉넉하지도 않고 사업이 잘
되는 것도 아닌데, 대책이 없는 긍정적인 사람이라 문득 궁금증이
일었다.

"아니, 이보시게. 뭐 그리 좋은 일이 있다고 매일 그렇게 실없이 웃
는 거냐?"

"오늘은 좋은 일이 있는 날입니다. 제가 한 달에 한 번씩 청량리
에 쌀을 보내는데, 오늘이 바로 그날이거든요."

"청량리? 청량리에 뭐가 있는데?"

청량리라는 지역에 대해 평소 안 좋은 인식을 가지고 있던 나는
이 사람이 도대체 무슨 일을 벌이고 있는 건가 걱정이 되어 좀 더 자
세히 묻기 시작했다.

"밥퍼에 보내는 겁니다."

"밥퍼? 뭐, 밥을 푼다, 이런 거냐?"

2011년 12월 24일, 박원순 서울시장과 함께 밥퍼 행사(맨 오른쪽이 저자)

"하하하. 네, 맞습니다. 정확히 말하자면, '밥퍼나눔운동본부'이지요. 밥을 퍼 어려운 이웃에게 나눠주는 겁니다."

"누가?"

"최일도 목사님이라고 들어보셨습니까?"

"최일도 목사님이라……. 아, 청량리를 무대로 선교하신다는 다일공동체 최일도 목사님을 말씀하시는 거냐?"

"네. 그 목사님은 매일 청량리역 광장에서 노숙자와 독거노인들에게 식사를 제공하고 있습니다. 전 그분을 돕기 위해 매달 쌀 2가마를 그곳으로 보내고 있습니다."

청량리라고 하면 누구나 다 아는 서울시 최대의 집창촌이 있는 곳이 아닌가. 그런 곳에서 선교를 한다기에 평소 관심을 가지고 있기는 했지만, 노숙자와 행려자들을 상대로 무료급식을 한다는 말은 처음 듣는 소식이었다.

순간, 마음속에서 강한 호기심이 일었다. 일이 한가한 때를 골라 일부러 그곳의 상황을 보기 위해 청량리역으로 가보았다.

그곳의 상황은 상상했던 것 이상으로 처참했다. 서울 시내에 이런 곳이 있었나 싶을 정도로 그곳의 사람들은 '삶'이 아니라, '생존'을 위한 처절한 사투를 벌이고 있었다.

나는 적잖은 충격을 받았다. 나 역시 젊은 시절 가난을 비관한 채 삶을 놓았더라면, 혹은 좌절과 실의에 빠진 삶으로 청춘을 허비했더라면 지금 저 속에서 저들과 같이 하루하루를 힘겹게 버티고 있겠지…….

그때부터 시간이 날 때마다 청량리로 찾아가 '밥퍼나눔운동'에 동참했다. 그리고 1004(천사)명이 100만 원씩 기부해 천사병원을 건축한다는 소식을 듣고 성금 100만 원을 마련해 보냈다.

그 시절 최 목사가 추진하는 각종 사회사업을 살펴보고 감탄을 금치 못하고 있던 터라 매달 정기적으로 '밥퍼나눔운동본부'에 쌀을 보내던 교회후배의 주선으로 최 목사를 만났다.

"조 과장님, 주위 분들에게 평소 좋은 일을 많이 하신다는 말을 전해 들었습니다. 이번 천사병원 신축사업 기금에도 힘을 보태주셔서 정말 감사드립니다. 혹시 제가 도울 일이 있다면 언제든지 말씀하세요."

최 목사 앞에서 한없이 내가 낮아지는 기분을 느꼈다. 역시 큰일을 하는 사람은 뭐가 달라도 달랐다. 순간, 내가 회장으로 활동하고 있는 국세청 연말 전체 신우예배 때 최 목사를 강사로 초빙하면 좋겠다는 생각을 했다.

"그럼, 저희 국세청 연말 전체 신우예배에서 설교를 좀 해주셨으면 합니다. 목사님께서 우리 신우회 회원에게 좋은 말씀을 많이 나눠 주시면 큰 은혜가 될 것입니다."

최 목사는 내 제안을 흔쾌히 수락했고, 대신 나는 '밥퍼나눔운동본부' 회계 자문위원을 맡아 주는 등 최 목사가 벌이는 사업을 도와주기로 했다.

당시 꽃동네 비리사건이 있은 지 얼마 지나지 않은 때여서 사회사업을 하는 단체에 대한 비리 수사가 날을 세우고 있던 때였다. 내가 가진 달란트로 최 목사를 도울 수 있다는 사실에 몸이 날아갈 듯

기뻤다.

어린 시절 배고픔의 고통을 누구보다 뼈저리게 느껴본 기억이 있어서인지 유독 이 '밥퍼나눔운동'에 더 적극적으로 참여하게 된 것 같다. 그래서 이 운동을 주도하는 다일복지재단에도 관심을 갖고 지금까지 꾸준히 지원을 해오고 있다.

밥퍼나눔운동은 결국 이 땅의 소외된 이웃들이 사람다움을 회복하도록 돕는 운동이다. 밥 굶는 이들이 사라질 때까지 사랑실천과 나눔문화를 정착하기 위해 벌이는 생명운동이기도 하다. 최일도 목사가 청량리에서 시작해 다일공동체를 있게 한 최초의 공동체 사역이자 뿌리라고 할 수 있다.

밥퍼나눔운동은 물질주의, 이기주의의 홍수 속에서 나사렛예수의 영성으로 지구촌의 밥 굶는 이웃을 살리는 훈훈한 사랑의 실천이다.

내가 밥퍼나눔운동을 알게 된 후 어느 날의 일이다. 최일도 목사가 무겁게 가라앉은 목소리로 전화를 걸어왔다.

"시간이 되시면 저를 좀 만나주실 수 있겠습니까?"

평소와 다른 분위기에 압도된 나는 한걸음에 최일도 목사를 찾아갔다. 최 목사는 나를 보자마자 손을 잡고는 다일천사병원으로 들어가 어느 환자의 방으로 안내했다. 병실 안 침대에는 오랜 투병생활로 몸이 수척해진 한 중년 여성이 누워 있었다.

"이 여인의 이름은 '하자'입니다. '하나님의 자녀'라는 뜻이지요."

나는 아무 말 없이 '하자'라는 여인을 쳐다보며 최 목사의 말에 귀를 기울였다.

"이분은 출가한 비구니입니다. 어느 날 중병에 걸린 몸으로 저를 찾아왔습니다. 소속이 어디인지, 이름이 무엇인지 물었지만 아무것도 알려주지 않았습니다. 그래서 제가 직접 이 천사병원에 입원을 시키고 새로운 이름을 지어주었습니다."

최 목사의 말이 이어지는 동안 '하자'라는 비구니는 적의에 가득 찬 눈으로 우리 두 사람을 노려봤다. 그녀의 독기 어린 표정 이면에 감춰진 두려움과 상처가 보이는 듯해 연민의 정이 느껴졌다.

최 목사의 조건 없는 선행에 절로 고개가 숙여졌다. 그에게는 세상 모든 인간이 전부 주님의 자녀이고, 자신의 형제자매였다. 나는 거죽만 남은 그녀의 손을 붙잡고 이 가련한 여인의 삶을 불쌍히 여겨 달라고 간절히 기도했다. 그녀의 기구하고 애처로운 삶이 느껴져 절로 눈물이 흘러 뺨을 타고 그녀가 누워 있는 침대 시트로 떨어졌다.

그때였다. 마치 거대한 포식동물에게 위협을 당하듯 경직되어 있던 그녀의 표정이 서서히 평온해지더니, 금세 울음 가득한 얼굴로 변해가는 게 아닌가.

서로가 말하지 않아도, 위로하지 않아도 마음과 마음의 언어가 전해지고 있었다.

처음 보는 내가 흘리는 뜨거운 연민의 눈물 앞에서 그녀는 자신의 삶이 위로받는 듯한 포근한 감정을 느낀 것이다. 한없이 깊은 '하나님의 사랑'이 아니라면 절대 있을 수 없는 일이었다.

병실을 나오면서 나는 지갑을 꺼내 손에 집히는 대로 모두 그녀의 손에 쥐여 주었다.

"하자님, 하나님께서 당신과 우리로 하여금 지난날에 대한 과오를 모두 씻고 뜨거운 눈물을 흘리게 하셨으니, 이제 당신 몸은 새 몸이 될 것이고, 모든 병은 씻은 듯이 나을 것입니다. 어서 침대에서 일어나 우리와 함께 어려운 사람을 도와주는 일에 함께할 수 있도록 기도할게요."

그녀는 내 말에 화답하듯 환한 표정을 지으며 힘겹게 고개를 끄덕였다.

그로부터 며칠 후, 최 목사에게 연락이 왔다. 왠지 좋지 않은 예감이 들어 전화받기가 망설여졌다. 계속 울리는 전화벨 소리를 외면할 수 없어 수화기를 들었다.

"장로님, 그 비구니 자매가 끝내 병을 이기지 못하고 세상을 떠났습니다."

"아……."

탄식의 소리가 절로 새어나왔다. 병실 문을 나서는 나를 향해 환하게 웃던 그 여윈 얼굴이 떠오르자 안타까운 마음이 가슴 전체를 적셨다.

"그런데 장로님이 마지막 순간에 그 비구니의 마음을 움직이셨습니다. 그녀는 장로님이 그날 주시고 간 용돈 모두를 내놓으면서 처음으로 하나님께 '연보로 바치고 싶다'며 병원 교회에 드렸습니다. 정말 기적 같은 일이 아닐 수 없습니다."

그녀를 감동시키고. 그녀의 마음을 움직인 건 용돈이 아니다. 그녀를 진심으로 가엾게 여기고 위로한 순수한 눈물에 대한 화답이었을 것이다. 한 영혼을 귀하게 여기고 사랑한다면 눈물이 쏟아지는 건 당연한 일이 아닌가.

그래서 나는 평소 주위 사람들에게 '전도란 감동을 주는 것'이라고 힘주어 말한다.

이 일을 계기로 나는 최일도 목사가 운영하는 다일공동체와 밀접한 관계를 맺게 되었고, 최 목사의 부탁으로 자문위원을 맡다가, 2007년부터 '밥퍼명예본부장'직을 수행하고 있다. 그리고 내 나눔운동의 동료인 마태목장 식구들, 한국세무사회 회원들과 직원들, 그리고 세무법인 석성직원들과 함께 매월 정기적으로 '밥퍼나눔운동'에 동참하고 있다. 흔히들 단체장은 이름만 걸어 놓고 1년에 한 번쯤 얼굴 비치기 마련인데, 나는 매달 가서 마늘도 까고 밥도 퍼주고 있다.

그리고 비구니 자매의 일로 인해 병실 전도의 중요성도 깨달았다. 그 뒤로는 국세청 동료나 직원 가족 중 질병과 사고로 병원에 입원해 있는 사람이 있으면 무조건 달려가 위로하고 기도하는 시간을 가졌다.

기도에도 준비가 필요하다. 미리 마음으로 준비하고 환자를 위로하는 진심을 가지고 병문안을 한다면 하나님의 놀라우신 역사가 일어날 것으로 확신한다.

2004년 말 대전지방국세청장을 퇴임하면서 한 가지 결심한 것이 있다. 퇴임 후 6개월간 받은 공무원 연금 중 절반을 중병으로 고생하고 있는 대전지역 후배들에게 되돌려 주기로 했다. 그래서 격려편지와 함께 알기 쉬운 성경, 그리고 약간의 격려금을 17명에게 보내게 되었는데 그중 한 형제로부터 전화를 받게 되었다.

"청장님이 믿는 그 하나님을, 이제부터 저도 열심히 믿겠습니다."

그 후 몇 년이 흘러 2009년 12월경 바로 그 후배로부터 한 통의 감사편지를 받았다.

당시 위장관기저암이라는 악성종양으로 수술을 마친 상태였는데, 내 편지에 5년여의 공백을 딛고 다시 신앙생활을 시작하게 되었다는 것이다. 그 후 대전국세청 국제조세계에서 근무하면서 직장에서도 인정받고 또 신우회에서 총무로 봉사하면서 하나님의 은혜도 받았다고 한다. 안타깝게도 얼마 전 암세포가 간으로 전이되어 항암치료를 받고 있지만 하나님이 계시기에 기꺼이 이겨내고 있다며 다시 한 번 청장님의 귀한 손길에 감사드린다고 말했다. 또한, 지금의 병을 잘 극복하고 나아가 청장님처럼 사회에 봉사하는 국세공무원, 모든 이들로부터 존경받는 크리스천이 되고 싶다고 포부를 밝혔다.

중증장애인을 위한
'석성1만사랑회'의 기적

부모님의 이름에서 한 자씩 따온 석성장학재단을 20년 이상 운영해 오면서 장학금은 주로 내가 대표로 있는 세무법인 석성의 매출액 중 일부분과 내가 받은 세무 상담료와 강연료 등으로 충당해 왔다. 또 가까운 지인들 중에서도 즐거운 마음으로 기부해주어 해가 갈수록 장학기금도 늘고 장학금 지급액도 날로 많아져서 이제는 제법 정착단계로 들어섰다. 그러다 보니 자연히 또 하나의 욕심이 생겼다.

이 장학재단뿐만 아니라 다른 공익사업 하나를 더 추가하고 싶었다. 그것은 다름 아닌 거동이 어렵고 힘든 중증장애인을 실질적으로 도와야 한다는 것이었다.

일반 장애를 넘은 중증장애인은 타인의 도움을 받지 않으면 정상적인 삶이 어렵다. 가끔 주변에서 이런 분들을 보면서 마음이 많이 아팠다. 이들을 지원하고 도우려면 결국 재정인데 그것을 어떻게 마련할 것인가가 고민이었다.

그런데 하나님께서 어느 날 전광석화(電光石火)같이 아이디어를 주셨다. 주변 사람들과 함께 나눔의 뜻을 모으라는 것이었다. 나 하나는 작지만 이것이 모이면 커진다. 만약에 1만 명이 매달 1만 원을 모으면 1억 원이 모이고 1년이면 12억 원이라는 엄청나게 큰 액수가 된다. 즉, 티끌 모아 태산이 된다는 뜻이다.

드디어 나는 오랜 생각 끝에 '석성1만사랑회'라는 이름으로 나눔 단체를 만들었다. 1만 명이 1만 원씩 낸다는 뜻이 포함된 아주 좋은 이름이었다. 나는 이 이름을 주변 사람들에게 내보이며 1만 원씩 내어 참여할 수 있겠느냐고 물었더니 대부분 기다렸다는 듯이 큰 호응을 보였다.

"회장님, 항상 나눔을 실천하시며 봉사하시는 모습이 대단하다고 생각하면서 도전을 받았는데 우리도 작게나마 동참할 수 있는 길을 만들어 주시니 너무 좋습니다. 저도 몇 구좌 하고 제 주변에도 알릴게요."

반응이 내가 생각했던 것 이상이었다. 나는 힘을 얻어 보다 적극적으로 석성1만사랑회를 홍보했다. 강연을 하러 가서도, 교회 간증을 하러 가서도 석성1만사랑회 이야기를 하면 후원회원이 되겠다고 나서는 사람들이 많았다. 어떤 지인들은 100구좌에 해당하는 100만 원씩 매달 돕겠다고 했다.

이 기금으로 중증장애인들의 자활시스템과 자동음성센스기를 배급해 주기로 했다. 보통 중증장애인들이 집에서 혼자 지낼 경우

2011년 3월, 서울시 서초구 거주 중증장애인에게 음성자동인식기 전달

전기를 켜고 끄는 것조차 못하는데 이를 음성으로 할 수 있도록 만들어 주거나 전동카의 배터리를 교체해주어 이동이 쉽도록 한 것이다.

그 후 석성1만사랑회를 법인으로 만들어야겠다고 결심하고 관련 서류를 만들어 열심히 뛴 결과 2011년 4월, 서울특별시로부터 사단법인 인가를 받게 되었다. 참으로 감사한 일이었다.

그리고 2개월 후인 2011년 6월 30일 정부로부터 세금공제가 가능한 지정기부금 단체로 지정을 받게 되었다. 은행자동이체인 CMS 시스템도 갖췄다. 현재 800여 명의 회원이 석성1만사랑회에 가입돼 매달 정기적인 사랑을 보내오고 있다.

뜻이 있는 곳에 길이 있다는 말이 있다. 또 하늘은 스스로 남을 돕는 사람을 도운다고 하였던가. 내 자신의 유익보다는 어렵고 소외된 자의 유익을 위해서 뜻을 세우게 되니 주변의 많은 분들도 기꺼이 도와주고 있다. 그리하여 지금까지 계속해서 매달 1천만 원 이상의 후원금이 보내져오고 있다.

이런 내용을 주무관청인 서울특별시에 보고하자 관계 공무원들도 놀랐다고 했다. 대부분의 사단법인의 경우에는 운영이 어렵다고 하는 데 반해 '석성1만사랑회'는 역시 다르다고 했다. 참으로 기뻤다. 그리고 하나님께 감사했다.

모인 돈으로 일단 표본적으로 내가 살고 있는 서초구 관내의 중증장애인들을 찾아가 필요한 분들에게 음성인식기를 설치해 주었으며, 청량리 밥퍼센타 내 중증 독거노인들을 대상으로 장수사진을 찍어주는 사업도 펼쳤다.

무엇보다도 중증장애인들에게 감동을 줄 수 있는 사업으로 이들을 위한 사랑의 쉼터를 지어주는 것이 좋겠다 판단하여 그 사업을 가장 우선적으로 추진해 나가고 있다.

현재 (사)석성1만사랑회는 이사진도 구성됐고 회원수도 계속 늘어나고 있다. 나눔과 봉사는 사랑을 기본으로 하지만 효율성을 높이는 것도 중요하다. 나는 주변의 자문과 도움으로 석성1만사랑회를 석성장학회와 함께 정말 멋진 공익법인으로 키워나갈 생각이다. 그동안 도움을 주시고 회원으로 동참해 주신 천사님들께 지면을 통해서나마 감사인사를 드리고 싶다. 앞으로 회원들의 사랑과 기대에 어긋나지 않게 정성을 다해 한 푼도 헛되이 쓰지 않고 정말 말 그대로 투명하고 정직하게 운영해 나갈 것이다.

천사들이 지은 '사랑의 쉼터'

지난 2013년 12월 12일은 내게 참으로 잊을 수 없는 날로 기억된다.

20년 동안 장학사업을 펼쳐 온 석성장학재단과는 별도로 3년 전에 만든 (사)석성1만사랑회가 충남 논산에 중증장애인을 위한 복지시설인 '석성 사랑의 쉼터 1호점'을 오픈하여 하나님께 입주 감사예배를 드리는 날이었기 때문이다.

'석성(石成) 나눔의 집, 사랑의 쉼터'란 간판을 내건 이 복지시설은 총면적 600㎡의 대지 위에 100㎡ 단층 목조주택으로 지어졌으며 25명의 중증장애인들이 동시에 머무를 수 있는 시설로 지어졌다.

이 사랑의 쉼터가 더욱 값진 것은 많은 이들이 장애인들을 위한 사랑의 마음들을 모았기 때문이다.

우선 (사)석성1만사랑회가 1억 2천만 원의 건축비를 지원했고, 사

2014년 1월 18일, 석성 중증장애인 사랑의 쉼터 1호점 입주식

랑의 집짓기 운동을 하고 있는 한국해비타트(대표 유태환) 자원봉
사자 100여 명이 2013년 10월부터 2개월 동안 구슬땀을 흘려가며 쉼
터 건물을 완공했다. 특히 중증 장애인들이 편한 분위기 속에서 지
낼 수 있도록 LED 조명과 친환경 건축자재를 사용했고, 화장실 등
편의시설 역시 장애인들의 눈높이에 맞게 만들어, 보는 이들마다 너
무나 좋다며 감탄을 했다.

또 거동이 불편한 중증장애인들의 조망권 확보를 위해 방바닥에
서 창문턱까지의 높이를 50cm로 제한했고, 현관문 외에 거실 창문
을 통해서도 휠체어 출입이 가능하도록 배려한 것이 돋보였다.

나는 이날 입주식에 아내와 함께 참석해 감격스럽게 인사말을 전
했다.

"석성 1호점이 유서 깊은 땅, 이곳 논산에 세워져 감개가 무량합

니다. 이것은 우리 석성1만사랑회가 했다기보다는 전적으로 하나님의 작품으로 그분께 영광을 올려 드립니다. 사실 우리는 너 나 할 것 없이 모두가 예비적 장애인입니다. 앞으로 세월이 흘러 노인이 되고 또 불시에 일어난 사고로 누구나 장애인이 될 수 있기 때문입니다. 그러므로 우리는 모두 장애인들의 고통에 귀 기울이고 이들을 사랑으로 보듬어줘야 합니다. 그래서 저를 비롯한 우리 모든 석성가족들은 장애인들이 편히 쉴 수 있는 쉼터를 마련해 주는 것을 하나님으로부터 받은 소명으로 여기고 이렇게 첫 삽을 떠서 그 결실을 보았습니다. 저희 석성이 앞으로 계속해서 매년 한 채씩 사랑의 쉼터 건립을 이어갈 수 있도록 여러분의 끊임없는 기도와 후원을 부탁드립니다."

앞으로 석성 사랑의 쉼터를 운영해 나갈 원장인 김성자 전도사는 "내 가족들도 감당할 수 없는 부분을 하나님의 사람들이 협력해서 선을 이뤘다"며 "너무너무 행복하고 감사하다"고 하면서 눈물을 흘리기도 했다. 그리고 아내와 내 손을 연신 잡으며 "고맙다"는 말을 수없이 했다.

사랑의 쉼터 김성자 원장과 우리 가족들과의 인연은 20년 전인 1994년으로 거슬러 올라간다. 당시 국세공무원 간부로 재직 시 전국장애인 서울나들이 행사가 있었다. 그때 단순히 봉사하는 차원에서 장애인 홈스테이 신청을 하게 되었는데 우리 집에 초청된 장애인이 바로 김성자 원장이었다.

1952년생인 그녀는 한때 아주 잘나가던 패션모델이었다. 그러던 지난 1980년, 불의의 교통사고를 당해 하루아침에 모델의 꿈을 접어야 했던 중도(中途) 장애인이다. 그녀는 척추뼈가 망가져 목 아래는 모든 신경이 손상됐고 대소변을 받아내야 하는 지체장애 1급 중증 장애인으로 살아야 했다.

그녀의 고백에 의하면 현실을 절망하며 몇 번이나 자살 시도를 했던 그녀에게 예수님은 단지 말씀이 아닌 '생명'으로 성큼성큼 다가왔다. 차츰 말씀에 은혜를 받아가던 그녀는 어느 여름날 밤, 드디어 예수님을 뜨겁게 만났다고 한다. 그때 그녀는 감격에 울며 이렇게 기도했다고 한다.

"하나님, 감사합니다. 지금까지 있는 것에도 만족하지 못하고 없는 것을 슬퍼하며 살았던 나 자신을 괴롭혔던 것을 회개합니다. 아직 제겐 두 눈이 있어 볼 수 있으며, 두 손이 살아있어 움직일 수 있으며 또 입이 있어 먹고 말할 수 있게 하시니 감사합니다."

그 후 그녀는 재활 의지를 불태웠고 매일 기도하며 성경을 읽는 가운데 지혜와 믿음의 은사를 받아 대전침례교신학교에 입학하여, 전도사로 새로운 인생을 시작하게 됐다고 한다. 1994년 처음 만나 우리 집에서 3일 동안 거주하면서 인연을 맺어 그 이후로 늘 자주 연락하며 내가 만든 가정교회인 마태목장의 한 식구가 되어 여름휴가도 함께 가는 등 아주 친하게 지내며 교분을 쌓아왔다.

그녀는 신학교를 졸업한 뒤 대전 극동방송 장애인 프로그램 진행자로 활동하고 또 대전대흥침례교회 협동전도사로 재직하는 등 재기(再起)에 멋지게 성공했다. 또 간증사역자로 활동하기도 했다. 그러다가 자신처럼 고통받는 중증장애인을 위한 복지시설을 개설해(물론 열악한 시설이지만) 원장으로 이들을 돌보는 데 주력해 왔다.

그러다 시설이 오래되고 너무 낡아 다시 건축했으면 하는 소망을 갖고 기도하고 있는 모습을 보게 되었고 이때 우리 (사)석성1만사랑회가 나서기로 한 것이다. 무엇보다 석성 사랑의 쉼터 1호점의 건립은 건축 전문 NGO인 한국해비타트에서 동참해 주어 그 의미를 더했다. 서로 도움을 줄 수 있는 손길들이 모여 '멋진 사랑의 하모니'를 연출해 낸 것이다.

김성자 전도사는 "사랑의 쉼터가 편견 때문에 세상 밖으로 나오지 못하는 충청지역 장애인들에게 세상을 새롭게 발견하고 바라볼 수 있도록 용기를 주는 베이스캠프가 됐으면 좋겠다"고 말했다.

이 멋진 입주식을 가진 뒤 나는 이런 중증장애인 시설인 '석성 사랑의 쉼터'를 전국적으로 매년 한 군데씩 건립해주라는 하나님의 음성에 순종하기로 했다. 현재 사랑의 쉼터 2호점은 부산 다대포 지역에 건립할 예정이다.

그런데 이렇게 의미 있는 일을 추진해오다 보니 흐뭇한 경사가 겹치게 되었다. 석성1만사랑회가 건립기금 전액을 들여 '사랑의 쉼터'를 준공한 것을 눈여겨본 대전지방국세청 직원들과 충청지역 세무사회원들이 논산 '사랑의 쉼터' 한 달 운영비 조로 매달 200만 원씩을 보내오고 있다는 것이다.

나는 이것을 보면서 '사랑은 사랑을 낳는다'는 말과 '사랑은 나눌수록 커진다'는 말이 실제로 일어난다는 것을 확인하고 더욱 기뻐하지 않을 수 없었다. 그래서 나는 지방 국세청이 있는 전국 6개 지역에 우선적으로 건립해 주겠다는 각오를 다지고 있다.

또 (사)석성1만사랑회는 지난 2012년 12월, 서울 청계광장에서 3일 동안 서울 시내의 어렵고 소외된 중증장애인을 초청해 크리스마스

본래의 의미를 되새기고 진정한 이웃사랑을 실천하는 행사를 열었다. 이때 '사랑의 쉼터' 건립 기금 전달식을 비롯한 중증장애인과 함께 하는 음악 축제, 중증장애인 체험 활동, 노숙자를 위한 밥퍼나눔 운동을 함께 펼쳤다.

비록 우리 석성1만사랑회가 문을 연 지 오래지 않았음에도 후원금이 지금까지 4억 원가량이 모인 것은 참으로 놀라운 일이다. 우리는 이 후원금으로 그동안 중증장애인을 위한 사랑의 쉼터 건립비(1억 2000만 원) 외에도 중증장애인시설 편의물품 지원(2700만 원)과 장애독거노인들의 장수사진 액자 제작(700만 원), 재활치료비 지원(500만 원), 음성인식스위치 보급(400만 원) 등을 지원해 주었다.

나머지는 계속해서 중증장애인 사랑의 쉼터 건립비용으로 사용해나갈 것이다.

참으로 감사한 일이다. 이것은 분명 하나님의 기적이다.

혹자는 이렇게 말한다.

'사랑을 나누게 되면 받는 사람 보다 주는 사람이 더 기쁘다'라고…….

이 말은 기적의 비밀을 알고 나누고 섬기며 사랑을 실천해 본 사람이라면 누구나 이구동성으로 하는 말이다. 또 이 기쁨은 감동이 되어 그 감동이 다시 내게 돌아오게 되는데 이 과정에서 엔도르핀이 만들어져 내 몸을 건강하게 만드는 활력소가 되어 준다고 했던가.

부족한 내가 지금껏 이렇게 살아오다 보니 주위 사람들은 나를 '나눔의 전도사'라고 말하기도 한다. 그런데 신기하게도 주어도 주어도 나는 여전히 마음이 부자라는 사실과 무엇보다도 부족한 것들을 하나님께서 더 채워 주시는 것 같다는 확신이 들었다. 그래서 반문해 본다.

이런 좋은 사업을 왜 많은 사람들이 안 하는지?

그래서 나는 간절히 빌어본다.

하나님께서 확실히 더 많이 채워주는 이 나눔과 섬김의 사업이 이 땅에 충만해지기를……

아내와의 갈등에서 시작된
'치유상담대학원대학교' 설립

나는 36년간의 국세청공무원으로 재직하는 동안 1남 1녀를 둔 아버지로서 또 남편으로서 내 나름대로는 의무를 다하고 있다고 여겼다. 공무원으로서 부족하지만 정한 때 어김없이 봉급을 가져다주고 큰 사고 친 것도 없어 이 정도면 괜찮은 아버지요, 남편이라고 나 스스로 여기고 있었다.

그리고 가정일은 아내가 다 하는 것이고 자식들도 내가 어릴 때 어렵게 지내온 것에 비하면 나름대로 잘 사는 것이라고 여겼다. 그래서 부모 잘 만난 것으로 알아야 한다고 늘 이야기해왔다. 또 나는 아내와 자녀들이 남편이자 아버지인 내게 전혀 불평하지 않고 만족하며 아주 잘 지내는 것으로만 알고 있었다.

이런 나의 확신이 허물어지는 사건이 2002년 11월에 발생했다.

당시 대통령선거를 앞두고 고위공직자들이 모두 반납했던 휴가를 떠나라는 명령이 상부로부터 내려왔다. 당시 나는 서울지방국세청 납세지원국장으로 재직하고 있을 때였다. 매일 야근에다 휴일에도 출근하다시피 하며 바쁘게 지내던 나에게 막상 휴가를 가라고 하니 이래도 되는 것인지 이상할 정도였다.

그때 아내가 나에게 제의를 해왔다. 전부터 자기가 꼭 가고 싶었던 곳이 있는데 설악산 캔싱턴호텔에서 실시하는 '부부사랑만들기'라는 프로그램에 자기 생일(11월 25일)선물로 가보고 싶다고 했다.

썩 내키지는 않지만 아내가 생일선물 대신에 가고 싶다고 하니 봉사한다는 마음으로 함께 설악산으로 향했다. 강원도 설악산 국립공원 입구 옛 박정희 대통령 별장이 있던 캔싱턴호텔에 여장을 풀었다. 밝은 표정의 부부보다는 대부분 시무룩하고 어두운 표정의 부부들이 많은 것이 눈에 띄었다.

등록을 하고 나서 조별로 묶어 주었는데 5쌍 부부 10명이 한 조였다. 나중에 알았지만 이 부부사랑만들기 과정은 부부간 문제가 있고 갈등이 있고 이혼을 하려고 하거나 소통이 서로 안 되는 부부에게 문제의 원인을 찾아내 해결할 수 있는 방법을 모색해 주는 프로그램이었다.

따라서 정상적인 부부가 부부금실이 더 좋아지기 위해 참석하는 경우도 있지만 대부분 문제가 있는 부부가 주변의 권유로 오는 경우가 더 많았다. 그러나 나는 아주 정상적이고 괜찮은 남편이자 아버지인데, 내게는 적합하지 않은 프로그램에 온 것이라 생각했다.

그런데 문제는 그것은 내 생각일 뿐이지 아내는 전혀 그렇지 않다는 것이었다. 강하게 표현만 안 했을 뿐이지 당시 아내는 내게 많은 상처를 받고 몹시 힘들어하고 있었다. 내가 직장일이 너무 바빠 자신이 혼자 지내는 시간이 많았으며 애들에 대한 모든 것들도 자기 혼자서 신경 써야 했고 그동안 이런저런 보이지 않은 부분들에 많이 힘들어 했던 것이다. 나중에 안 사실이었지만 경상도 남자 특유의 강한 내 고집이 아내를 몹시 힘들게 한 경우도 많았다는 것이다.

이곳에 온 여러 부부의 사연을 들으며 나는 많은 것을 느꼈다. 우리 주변에는 불행한 삶을 사는 부부들이 의외로 많다는 사실을 다시 한 번 확인할 수 있었다. 그리고 그들이 겪고 있는 문제와 원인 하나하나를 듣는 순간, 그 속에는 분명 나도 포함돼 있는 것을 발견하게 됐다. 또 비록 나는 아니라고 주장해도 상대가 그렇게 생각하면 그런 것임도 인정하게 됐다.

월급을 잘 갖다 주고 사고(?) 치지 않는 것으로 남편과 아버지의 책임을 다하는 것이 결코 아니며 세심한 관심과 사랑, 따뜻한 말 한마디로 서로 마음이 통하고 정을 나누어야 하는 것임을 이 프로그램을 통해 절절히 느꼈다.

나는 우리 조에 속해 있는 다른 4쌍의 부부 사연을 들으면서 남자와 여자가 본질적으로 다름을 깨달았다. '화성에서 온 남자, 금성에서 온 여자'란 책 제목이 있듯이 서로 다른 부분을 인정하고 감싸야 하는데 대부분의 부부들은 그것을 인정치 않다 보니 결국 갈등이 생기고 문제가 생긴다는 것을 배우게 되었다.

나의 경우도 그동안 아내와 자녀에게 잘 대해주지 못한 부분이 무엇인지 바로 깨닫게 되었다. 엉터리 남편과 아버지였음을 새롭게 확인하고 반성하게 됐다. 내가 아무리 잘했다고 해도 아내와 자녀들이 그렇게 느끼지 못했다면 그것은 실패한 것이었다.

아내에게 충분한 사랑을 주지 못한 낙제 남편이었음을 인정하고 그것을 회복하기 위해 노력해야 한다는 것을 확인한 2박 3일의 정말 뜻있는 프로그램이었다.

돌아오는 길에 나는 크리스천 치유상담원에서 실시하는 부부사랑만들기 후속 교육프로그램에 참여하기로 했다. 크리스천으로서 내 가족은 물론, 이웃과 사회생활에서 감동적인 대인관계를 유지하기 위해서는 무엇보다 내 가까이에 있는 사람들을 기쁘게 해주어야겠다는 각오를 하게 되었다.

나는 이곳에서 무려 4년간에 걸쳐 초급반, 중급반, 고급반에 이르는 모든 과정을 이수했다. 나로서는 아주 큰 결단이고 그 바쁜 와중에 시간을 내는 것이 힘들었지만 그만큼 이 공부가 중요하다고 판단한 것이기도 했다.

특히 이 무렵 나는 우리 집에서 '마태목장'이란 이름으로 매주 후배 세무공무원들을 초청해 모임을 가지고 있었다. 이들은 대부분 불신자들이었고 모든 것을 사랑으로 이끌어야 하기에 더욱 배워야 했다.

공부를 할수록 이 부부사랑만들기 사역이 정말 필요한 일임을 깨달았다. 천국의 모형이라는 가정생활은 모두 행복해야 하는데 실상은 그렇지 않은 가정이 너무 많다고들 한다.

겉모습은 그럴듯하게 포장돼 있지만 정작 속은 썩어 있는 가정이 참으로 많은 것을 발견했고 이들을 옆에서 조금만 도와주면 비뚤

어진 가정이 금세 회복되는 것을 지켜보게 되었다. 그리고 이것은 잘 숙달된 상담과 다양한 프로그램을 통해 점점 치유되곤 했다. 정말 필요하고 소중한 사역이었다.

그로부터 나는 크리스천 치유상담원에서 실시하고 있는 많은 가정 사역들을 옆에서 차분히 지켜보며 나름대로 열심히 돕게 되었고 나중에는 후원회장직을 맡기도 했다. 또 아내가 이곳에서 열심히 공부하여 리더로 활동하게 됨에 따라 그 중요성을 더욱 인식하게 된 것이다. 지금은 나와 아내가 함께 부부사랑만들기 사역자로 활동하고 있어 우리 부부에게 또 하나의 기적이 되었다.

이곳에 점점 깊이 관여하면서 가정사역을 보다 잘 하기 위해서는 정부가 인정하는 전문적인 교육기관이 필요하다는 것을 인식하게 되었고 정태기 박사와 함께 열심히 노력한 결과 2011년 '살림동산학원'이란 이름으로 학교법인 설립인가를 받게 되었다.

여러 가지로 부족한 점이 많은 내가 재단이사장직을 맡게 되었으며 더욱 놀라운 것은 그 후 3년간의 끈질긴 노력 끝에 드디어 2014년 2월에 교육과학부로부터 '크리스천치유상담대학원대학교' 설립인가를 받았다. 철저한 준비를 거쳐 2014년 9월에 정식 개교될 것이다. 사회가 다변화되고 급박하게 움직이면서 많은 가정들이 이혼이나 여러 가지 이유로 해체되고 상처와 고통 속에서 무너져가고 있는 실정이다. 아무쪼록 이 일을 통해 우리의 가정이 회복되고 상처가 치유되는 부부사랑교육사역을 잘 할 수 있길 기대한다. 이 일도 하나님께서 내게 맡겨 주신 또 하나의 사명이라고 믿는다. 참으로 기적 같은 일이었다.

천안함재단 이사장의 사명

2010년 3월 26일은 북한에 의해 비극적이고 안타까운 천안함 피격사건이 일어난 날이다. 이 피격사건으로 46명의 해군 장병들이 고귀한 생명을 잃었고 이를 바라보는 모든 국민들의 마음은 울분과 슬픔으로 가득찼던 기억이 생생하다.

그런데 벌써 천안함 피격사건이 일어난 지 4년이 흘렀다. 이미 국제사회에서도 진실을 알고 있는 천안함 피격사건에 대해 정작 이 사건을 치밀하게 계획하고 실행한 북한만은 아직도 자기들 소행임을 부인하고 사과조차 하지 않고 있다.

그래서 대다수 우리 국민들은 천안함 피격과 연이어 터진 연평도 포격사건으로 북한에 대한 마음을 굳게 걸어 잠가 버렸다. 여기에다 천안함 피격 이후 꽤 긴 시간이 흘렀음에도 우리나라 안에서도 터무니없는 의혹을 제기하는 괴담(怪談)들이 완전히 사그라지지 않고 있다는 안타까운 실상이다 보니, 나라를 지키다 고귀한 목숨을 바친 대한민국 최정예 해군 천안함 46 용사들을 생각하면 하루도 가슴 아프지 않은 날이 없다.

2010년 3월 26일 늦은 밤, 서해 백령도 근처 해상에서 승조원 104명을 태운 천안함 함정이 NLL 경비 작전 임무를 수행하던 중 정말 어처구니없는 큰 사건이 일어난 것이다. 이 사건으로 꽃다운 청년 46명이 암흑천지의 차디찬 어두운 바다에서 죽었으며, 그중 일부는 시신조차 찾지 못했다.

뉴스를 통해 이 사건을 접한 우리 국민들은 모두 귀를 의심했고 너 나 할 것 없이 커다란 충격과 비통에 잠겨 망연자실할 수밖에 없었다. 또 시신 한 구라도 더 수습하기 위해 온몸을 던져 거

2010년 12월 3일, 재단법인 천안함재단 현판식(이경숙 전 숙대 총장, KBS 김인규 사장, 최윤희 해군 참모총장, 박진 의원 등과 함께. 왼쪽에서 두 번째가 저자)

친 물살과 싸우다 순직한 고(故) 한주호 준위를 비롯해 금양호 선원들을 잃은 우리 국민들의 마음은 한마디로 안타까움 그 자체였다.

뒤이어 천안함 참사로 희생된 장병의 숭고한 넋을 기리고 유가족을 돕자는 범국민적 성금 모금 운동이 벌어졌고, 우리 국민들의 많은 정성이 모여 그해 연말까지 성금이 무려 395억 원이나 모였다. 온 국민이 내 자식과 내 형제가 당한 아픔이라고 생각하며 정성껏 모았기에 가능한 금액이었다. 천안함 용사들은 떠나보냈지만 유가족들의 아픈 마음을 위로해보겠다는 생각이었을 것이다.

그 귀한 성금을 잘 사용하고 유족들에게 배분하는 것도 매우 중요한 일이었으므로 각계 전문가들로 '특별위원회'를 사랑의 공동모금회 주관으로 구성하게 되었다. 나는 당시 한국세무사회 회장으로 성금을 내는 과정에서 뜻하지 않게 시민단체 대표의 자격으로 특별위원으로 선임되었다. 5개월가량의 갖은 노력 끝에 유가족당 5억 원씩의 성금을 지급하기로 결정해 모두 250억 원을 유족들에게 전달하고, 남은 145억 원의 성금을 가지고 별도의 재단법인을 설립하게 되었다.

그런데 부족한 나에게 이 단체의 이사장직을 맡아 달라는 특별위원회의 끈질긴 요구가 있어 자원봉사자의 마음으로 이를 수락하게 되었다.

드디어 2010년 12월 3일, 현판식을 열고 출범한 '(재)천안함재단'은 천안함 용사들의 숭고한 희생정신을 기리는 추모 사업을 비롯한 유가족 지원과 또 대부분 외상 후 스트레스 장애(트라우마)에 시달리고 있는 생존 장병 58명의 정상적인 사회복귀 지원사업과 해군 등의 병영문화 개선 지원사업, 또한 이에 못지않게 몹시 중요한 국민의 안보의식을 높이기 위한 지원사업 등 4가지 목적사업을 설정하였다.

그 실천사업으로 유족들에게 성금 지급과는 별도로 생존 장병 58명에 대해 1인당 500만 원의 격려금을 지급하고 심리치료는 물론 재단이사들과 생존 장병을 이어주는 멘토링 사업을 추진하여 지금까지 지속적으로 실시하고 있다. 또 천안함 선체가 있는 평택 서해 수호관 견학 등, 각종 안보 체험 프로그램 시행과 더불어 해군장병 등에 대한 병영문화개선 사업을 해군과 유기적인 협조로 지속적으로 추진하고 있다. 지난 4년간 내가 맡고 있는 재단의 사업들을 눈여겨 보고 있던 유족들은 재단을 투명하게 운영하고 또 그때그때마다 시기적절하게 잘 대응하는 모습을 매우 긍정적으로 보고 있어 기분이 좋았다.

최근 천안함 피격 4주기를 맞아 유가족들을 만난 자리에서 나는 이렇게 말했다.

"사랑하는 유가족 여러분, 언제까지 마냥 슬픔에 잠겨 있을 것입니까. 이제 46 용사들의 그 고귀한 희생정신을 한 단계 높이기 위해 슬픔을 떨쳐 버리고 그들이 못다 이룬 꿈을 우리가 열심히 살면서 채워주도록 합시다."

나는 이와 함께 지난 2007년부터 내가 명예본부장으로 있는 밥퍼나눔운동본부(대표 최일도)에서 유가족을 중심으로 밥퍼봉사 활동을 펼치자고 제안했다. 지난 1988년부터 최일도 목사가 청량리에서 시작한 '밥퍼'는 이미 잘 알려져 있는 사회봉사기관이기에 유가족들도 쾌히 승낙을 해주었다. 그리하여 우리 천안함재단 임원진과 유가족 30여 명은 청량리 밥퍼 무료급식소를 찾아 하루 급식비 200만 원을 전달하고 하루종일 밥퍼봉사활동을 함께 했다. 참석한 모든 유족이 진심으로 가슴 뿌듯해 하고 기뻐하면서 나한테 감사의 인사까지 해주었다.

"이사장님, 저희는 지금까지 국민으로부터 받기만 했는데 이제 우리가 사랑을 주게 되니 그 기쁨이 더 크다는 것을 실감했습니다. 이제 더 이상 슬퍼하지 않고 우리보다 더 어려운 이웃을 위해 봉사하며 열심히 살겠습니다. 귀하고 소중한 경험을 하게 해주셔서 감사드립니다."

이들의 아름다운 봉사활동이 각종 언론을 통해서도 널리 소개되었고 많은 사람들에게 의미 있고 뜻깊은 행사로 기억되었다.

그 후 매 2개월마다 한 번씩 이 지역 독거노인과 노숙자들에게 밥퍼 봉사하는 것을 정례화하기로 했다.

아울러 나는 천안함재단 이사장 자격으로 그동안 해군본부를 비롯한 20여 곳을 순회하며 특강을 해주었다. 나는 군사전략이나 전술에는 비전문가다. 그러나 군대는 무엇보다 장병들의 사기가 아주 중요하다고 생각한다. 가는 곳마다 당신들이 진정한 애국자들임을 칭찬하고 즐거운 마음으로 맡은 일에 충실히 복무하도록 강조했다. 어떻게 보면 이들의 마음을 읽어주고 알아주는 격려성 강의내용들이다.

이런 나의 특강이 그들에게 감동으로 전달되었는지 많은 곳으로부터 강의 요청이 이어졌고 지난 2013년 4월에는 충남 계룡대에서 육·해·공군 3군 참모총장들이 모두 참석한 가운데 특강을 하게 되었다. 육·해·공군 3군 총장들이 한 자리에 모이기가 쉽지 않은데 그 자리에서 특강까지 하게 된 것은 기적같은 일이었고, 강의가 끝난 뒤 별도로 해군 본부로부터 천안함재단 이사장 자격으로 감사패까지 받게 되었다.

또 2013년 11월, 천안함재단 이사장 3년 임기를 끝낸 나는 관계기관과 재단 이사회에서 한 번 더 이사장 직책을 맡아달라는 요청을 받았다. 고민 끝에 이를 수락하여 오는 2016년까지 3년간 재단을 맡게 되었다. 지난 3년 간의 재단운영의 경험을 바탕으로 더 열심히 일해서 재단의 사업영역도 넓히고 우리 국민들의 안보의식을 높이는 데 힘쓸 것을 다짐해 본다.

그러나 안타까운 것은 46명의 천안함 순국 장병에 대한 추모 열기가 시간이 흐르면서 이전과 같지 않다는 점이다. 우리 국민 모두가 범국민적 모금 운동에 참여했던 처음 그때의 마음으로 천안함의 교훈과 희생 장병의 호국 정신을 되새겼으면 하는 바람이다.

아울러 다시는 이 땅에서 천안함 피격과 같은 비극이 발생하지 않도록 온 국민이 확고한 안보관으로 무장해주기를 간절히 희망한다.

무엇보다 우리는 조국을 위해 고귀한 목숨을 바친 46 용사들을 결코 잊어선 안 될 것이다.

5장

내 삶을 바꾸는 비밀

젊은 층에 확산되는 기부문화

"기브 앤 테이크(give and take)!"

주고 받기. 이것은 일반적인 교환의 법칙이다.

이 짧은 문장에서 나는 큰 진리를 발견했다. give와 and 사이에 쉼표(,) 하나만 넣으면 "give, and more will be given to you" 즉 "주라, 그러면 더 많이 주어질 것이다"로 그 의미가 완전히 달라진다.

우리 크리스천들은 이 쉼표의 역할을 해야 한다고 본다. "먼저 주어라, 그러면 더 많은 것을 얻을 것이다." 모든 행위의 시작은 나로부터 비롯된다. 내 안에 있는 것들을 비우고, 가진 것들을 나눠야 더 큰 것이 내게 돌아온다. 먼저 베풀지 않고 뭔가를 얻으려고만 한다면 이는 결국은 손해가 된다는 뜻이다.

꼭 내게 돈이 있어야만 나눔을 실천하고 기부를 할 수 있는 건 아니다. 마음으로, 아니면 몸으로도 얼마든지 나눔을 실천할 수 있다. 불교에 보시 문화가 있듯이 나눔은 우리 생활에서 아주 오래전부터 존재해 왔다. 한 가정에서 한 사람씩만 나눔에 동참해도 우리의 나눔문화는 크게 달라질 수 있을 것이다.

또, '무엇을' 나누느냐도 중요하지만 이에 못지않게 '누구와' 함께 나누느냐도 중요하다.

한 사람이 할 수 없는 일은 두 사람이 할 수 있고, 두 사람이 할 수 없는 일은 세 사람이 할 수 있다. 우리가 작은 손길을 하나하나 모아 그 뜻을 같이한다면 능히 어떠한 일도 해낼 수 있을 것이다.

현재 우리나라의 나눔과 기부문화는 연령층이 낮으면 낮을수록 참여율이 낮다고 한다.

왜냐하면 이제 막 사회에 첫발을 내디뎌 한창 삶의 즐거움을 알아갈 나이여서 쾌락과 욕망을 충족시키기 위해 늘 소비를 하면서도 항상 불만족스럽게 느끼고 있기 때문이다. 그러다 보니 자신이 가진 것을 내놓는다는 것은 매우 어려울 것이다.

따라서 이들에게 나눔을 실천해 보라고 권유하는 것은 매우 어려운 일이다.

나는 오래전부터 젊은 사람들이 나눔을 쉽게 실천할 수 있는 길이 없을까 고민해왔다. 간단하면서도 부담 없는 방법으로 나눔을 실천하다 보면 자연스레 그로 인해 얻게 되는 보람과 행복을 깨닫게 될 것이며, 나중에는 즐거움과 쾌락만 따르던 자신들을 되돌아보게 될 것이다.

그래서 보다 쉽게 접근할 수 있는 나눔프로그램을 마련해 보았다. 그 실례로 앞에서 소개한 중증장애인을 위한 '석성1만사랑회'를 만든 일이었다. 만든 직후 당장 시작할 필요가 있어 먼저 세무법인 석성에서 근무하고 있는 젊은 직원들부터 동참하도록 했다.

"젊은 직원 여러분! 나는 지금도 후회합니다. 왜 좀 더 일찍 나눔이 주는 보람과 행복을 깨닫지 못했는가 하고요. 그래서 여러분에게 그 즐거움을 미리 알려드리려는 것입니다."

그러나 세무법인 석성의 젊은 직원들의 표정은 별로였다. 나는 시간 나는 대로 그들을 설득시켰다. '석성1만사랑회'가 본격적으로 출범하게 되면 매달 1만 명이 1만 원씩 모아 한 달에 1억 원이라는 엄청난 금액이 모이게 된다. 그렇게 모은 성금은 회원들이 선정한 프로그램에 따라 어려운 중증장애인들을 돌보거나, 자활을 위한 중증장애인 지도자 양성 사업비로 사용될 것이다.

"자신이 내놓은 1만 원의 돈으로는 할 수 있는 것들이 별로 없지만, 1만 명이나 되는 많은 사람들의 정성이 모여 1억 원이라는 엄청난 금액이 모이게 되면 그것으로 많은 중증장애인들을 돕는 것을 경험하면서 나눔과 기부가 가지는 엄청난 힘을 깨닫게 될 날이 언젠가는 반드시 올 것이다"라고 역설했다.

드디어 2011년 4월, '(사)석성1만사랑회'가 정식 법인으로 설립되었다. 십시일반으로 모인 성금은 종교나 이념을 초월해 중증독거노인과 중증장애인가정 등에 도움을 주게 된다.

'석성1만사랑회'가 갖는 의미는 무엇보다도 젊은 층이 주도가 되어 기부와 나눔의 문화를 널리 전파하는 데 있다. 기부 액수가 중요한 것이 아니다. 이들이 만들어낸 새로운 나눔의 문화는 우리 기성세대가 전파하는 기부문화보다 훨씬 더 큰 잠재력과 파급효과가 있을 것이다. 앞으로 이 '석성1만사랑회'가 좀 더 많은 사람들에게 전파되도록 많은 노력을 할 작정이다. 나는 젊은이들의 추진력과 힘, 그리고 그들의 잠재력을 믿는다.

이 땅의 정치·경제, 문화를 선도할 젊은이들이 전면에 나서서 올바른 나눔과 기부문화를 이끌어 간다면 이 세상은 한층 풍요로워지고 따뜻한 세상이 될 것이다.

나는 그들의 잠재력을 믿고 그들이 이러한 올바른 나눔문화를 선도하는 중추세력으로 자리매김할 때까지 뒤에서 돕고 싶다. 젊은 세대들에게 올바른 나눔의 문화를 확산시키는 것이야말로 내 남은 생을 통해 내가 이루고 싶은 일 중 하나라고 다시 한 번 강조한다. 지금은 내 진심을 알아서인지 젊은 그들이 깨어나기 시작했고 나의 이러한 비전에 대해 박수를 보내주고 있다.

사랑한다, 나의 진정한 석성의 청년천사들이여!

나눔에 국경은 없다

나눔을 실천하다 보면 가끔 아내 모르게 진행되는 경우가 있다. 아내가 뒤늦게 다른 사람을 통해 알게 되어 몹시 서운해 한 적도 있었다.

원래 나눔이라는 게 돌발적인 상황에서 벌어지는 경우가 더러 있다. 따라서 나중에 도움을 받은 누군가가 어느 날 갑자기 아내에게 전화를 걸어 다짜고짜 고맙다고 말하면 아내는 오해를 하고, 나는 그 상황을 수습하기 위해 진땀을 흘린다.

그래도 요즘은 아내가 이전보다 화를 덜 낸다. 왜냐하면 다른 사람을 돕고 싶어 안달하는 내 순수한 마음을 누구보다 잘 알기 때문이 아닌가 싶다. 그리고 지금은 무슨 계획을 세우든, 무슨 일을 하든 가장 먼저 아내와 의논을 한다. 충분히 상황을 설명하고 나서

차근차근 아내를 설득시킨 후 내 계획을 추진한다.

지금은 내 일등 참모가 되어 내가 마음만 앞서 자칫 놓칠 수 있는 부분까지도 세심하게 짚어준다. 아내가 뒷마무리를 잘해 주어 실수할 가능성이 과거보다 훨씬 적어졌다. 이때부터 아내와의 갈등 아닌 갈등 문제를 계기로 나는 또 하나의 원칙을 정했다.

'남을 도우려면 먼저 아내와 머리를 맞대라!'

작은 일이라도 아내와 머리를 맞대고 상의하면, 희생과 봉사의 형태가 좀 더 구체적이고 아름다울 수 있다. 모든 계획의 차질은 작은 오해에서 비롯되기 때문이다. 자칫 잘못하면 좋은 일을 해놓고도 욕먹는 경우가 있다는 사실이다.

또 나눔과 기부생활을 오래 하다 보니 늘 가까운 친척들이 마음에 걸린다. 늘 어려운 이웃을 도우면서도, 가까운 사람들은 전혀 돌보지 않고 생면부지의 사람들만 돕는다며 아내가 불만을 토로한 때도 있었다. 몇 해 전 딸아이가 결혼을 했는데, 뭐 하나 제대로 해주지 못한 것에 대해 지금까지도 미안했다.

하지만 가까운 곳을 너무 의식하다 보면 먼 곳을 보지 못한다. 주변 사람들만 돌보다 보면 그 안에 갇혀 멀리 있는 더 어려운 이웃을 돌아볼 수 없게 된다. 그래서 나는 결심했다. 마음은 아프지만 어쩔 수 없이 친척들의 불만을 모른 척하고 지나칠 수밖에 없다고.

예수님도 고향 동네에 가서는 푸대접을 받지 않았는가. 가까운 곳에 마음이 묶여, 더 크고 넓은 곳을 바라보지 못한다면 내 시야는 좁은 곳에 갇히고 말 것이라고 생각한다. 그래서 기회만 되면 지방이나 외국으로도 시야를 돌리게 되는 것이다. 나는 좀 더 많은 사람들이 보다 나은 내일을 맞이하기를 바라고 또 바랄 뿐이다.

2010년 1월 캄보디아를 거쳐 미얀마로 향하는 일정으로 인천국제 공항을 출발했다. 두 번째로 떠나는 미얀마 행(行)이었다. 참고로 나는 지난 2008년에도 미얀마에 '사랑의 학교'를 지어주고 돌아온 적이 있다.

앙코르와트 씨엠립국제공항에 내려 톤레삽 호수(Tonle Sap: 우리나라 경상도 크기만 한 호수)로 향했다. 뜨거운 공기가 온몸에 쏟아졌다. 몇 걸음 걷지도 않았는데, 이마에 땀이 흥건했다. 하지만 현지 주민들의 해맑은 미소를 볼 생각을 하니 견딜만했다.

캄보디아는 동남아시아 인도차이나 반도의 서남부에 위치한 나라로, 1863년 프랑스의 보호국이 된 이래 프랑스령 인도차이나의 일부가 된 나라라고 한다.

그후 1940년 일본에 점령되었고 일본이 제2차 세계대전에서 패하자 1947년 5월 프랑스연합 내의 한 왕국으로 독립하였으며, 1953년에는 완전한 독립을 이루었다.

세계에서 가장 가난한 나라 중 하나로, 국민들의 생활환경이 최악인 빈곤국가이다.

톤레삽 호수에 도착하니, 멀리 수상가옥에 살고 있는 사람들이 호수에서 빨래를 하고 있는 모습이 들어왔다.

이들은 자신들의 삶의 터전인 이곳 톤레삽 호수에 수상가옥을 짓고 그 호수의 물로 빨래도 하고, 목욕도 하고, 식수로도 사용하면서 오물도 버리는 등 정말 세상에서 가장 열악한 위생상태에 있었다.

이곳은 오래전부터 '밥퍼나눔운동본부'가 들어와 교육과 식생활은 물론, 태권도 등을 가르치며 어려운 주민들을 돕고 있었다.

캄보디아에서 2박 3일간 봉사활동을 하며 정말 많은 눈물을 흘렸다. 인간으로는 도저히 살 수 없는 최악의 환경 속에서도 희망을 잃지 않고, 좀 더 배우고, 좀 더 일하며 자신들의 삶을 개척하려는 수많은 현지인들을 보며 이들을 위해 좀 더 많은 것을 해주지 못하는 나 자신이 부끄러웠다.

내가 할 수 있는 일들을 좀 더 찾아야 했다. 그냥 몸으로 봉사만 하기에는 너무 미안한 마음이 들었다.

그때 한 봉사대원이 이런 나의 생각을 읽고는 조용히 다가와 말을 걸었다.

"지금 캄보디아에는 한 해에도 수많은 대학생 봉사자들이 찾아와 이들의 생활을 돕고 있습니다.

아무런 도움 없이 직접 여행사를 통해 이곳에 들어와 통상 2주

2010년 11월, 석성창립 5주년 행사로 캄보디아 밥퍼봉사 활동(아내와 함께)

간 정도의 일정으로 봉사활동을 하지만 정작 그 봉사자들이 묵을 만한 마땅한 숙소가 없어 곤란을 겪고 있습니다. 매년 울며 들어와서 다시 돌아갈 때도 울면서 떠나는 청년봉사자들을 볼 때마다 마음이 아파 견딜 수 없을 지경입니다."

그 말을 들은 순간 번뜩하는 음성을 들었다. 비로소 할 수 있는 일을 찾은 것 같았기에 기뻤다.

"좋습니다. 제가 한국에 돌아가는 즉시, 방법을 모색해 이곳에 봉사하러 들어오는 학생들이 묵을 숙소를 지어 드리겠습니다.

한창 자신의 인생을 즐길 젊은 나이에 이곳에 들어와 봉사하는 자랑스러운 한국의 대학생들을 위해 제가 할 수 있는 일이 있다는 것만으로도 나는 기쁩니다."

나중에 한국에 돌아오자마자 건축비용 등 제반사항을 알아보니, 우리나라 돈으로 2천만 원 정도면 그곳에 봉사자들이 묵을 숙소를 지을 수 있었다. 그런데 그보다 더 크고 중요한 문제가 우리들을 기다리고 있었다. 이 지역에 살고 있는 어린이들의 무료급식소 확장문제였다.

캄보디아에서의 일정을 마친 후, 최일도 목사와 함께 미얀마로 넘어갔다. 미얀마 역시 캄보디아 못지않은 척박한 환경을 지닌 나라다.

미얀마는 인도차이나 반도 서북쪽에 위치한 나라로 1885년 영국의 식민지가 되면서 영국의 아시아 식민지의 거점이 되었다가 1948년 1월 4일 영국으로부터 독립하며 국호를 '버마연방'이라 하였다. 다시 1989년 국호를 '미얀마연방'으로 개칭하였고, 2010년 11월 미얀마연

방공화국으로 다시 개칭한 사연이 많은 나라이다.

인구는 6천만 명이 약간 안 되고, 전체 국민의 90퍼센트가 불교를 믿는 전형적인 불교국가이다. 높은 기후로 인해 농작물은 3모작이 가능하며, 매장되어 있는 지하자원 보유량이 세계 최고수준이다. 하지만 정부의 쇄국정책으로 인해 자유로운 무역이 불가능하다.

미얀마 역시 지구상에서 가장 열악한 환경을 가진 가난한 나라 중 하나이다. 군부에 의한 쿠데타와 오랜 강압통치로 주민들의 생활은 그야말로 처참한 지경에 이르렀으며, 정치, 경제는 물론 교육, 문화에 이르기까지 사람이 살기 힘든 환경에 놓인 최빈곤국이다.

나는 이곳에 도착해서 두 번째 '사랑의 학교'를 건립했다. 먼저 현지에 들어와 그곳에서 선교를 하고 있던 여의도순복음교회 파송 김병천 선교사를 만났다. 김 선교사는 여의도순복음교회 조용기 목사님의 저서와 복음성가 등을 미얀마어(버마어)로 번역해 현지 선교에

2013년 1월 22일, 미얀마 사랑의 학교 5호 건립 기증식

적극 활용하고 있었다.

그는 자신이 개척한 교회만 10여 개에 이르고 100여 명의 현지 청년들을 선교사로 가르치고 있다고 한다. 그는 이 땅의 가능성에 대해 자세하게 설명해 주었다.

미얀마라는 나라는 참 특이했다. 환경이 아주 척박한데도 불구하고 이혼율과 자살률이 "제로"에 가깝다는 것이다. 이는 군사정부의 우민정책과 윤회사상을 신봉하는 남방불교가 국민들의 삶에 많은 영향을 미치고 있기 때문이라고 한다.

이 나라 국민들은 남이 잘 산다고 절대 시기하거나 질투하지 않는다. '사촌이 땅을 사면 배가 아프다'라는 우리나라 속담을 이곳 국민들은 절대 이해할 수 없을 것이다. 자신이 현재 처한 삶을 모두 숙명으로 여기고 스스로 감내한다.

양곤시내 중심가에 있는 왓 프라깨우(Wat Phra Kaew: 에메랄드 사원)에는 칠십여 톤에 달하는 금으로 장식한 파고다 건물이 있는데 장식된 금을 절대 도난당하는 일이 없다는 것이다. 만약 이 생에서 나쁜 짓을 저지르게 되면 다음 생에는 반드시 그것을 갚아야 한다는 철저한 윤회사상이 널리 퍼져 있기 때문이다.

언젠가 이곳 국민들의 삶을 우리나라와 비교해 보는 '숙명과 감사'라는 주제로 글을 쓰고 싶다.

2009년 1월, 처음으로 이곳을 방문하던 날, 나는 앞으로 일 년에 한 번씩 매년 12월에 이 지역을 방문해 '사랑의 학교'를 한 채씩 지어 주기로 학교 측과 약속했다. 미얀마는 연평균 강수량이 높기 때문에 대부분이 우기여서 가장 비가 적게 오는 12월과 1월을 택할 수밖에

2007년 5월, 반기문 총장 UN초청오찬회에 참석

없었다.

당시 내 계획을 전해 들은 미얀마 주재 박기종 한국 대사가 찾아와 감사의 인사를 전했다. 그분과의 귀한 만남을 통해 매년 석성장학재단을 통해 현지 우리나라 대사관 앞으로 1만 달러의 장학금을 지원하기로 약속을 한 것이다.

얼마 후 미얀마 주재 대사가 교체되었는데, 그분도 발령을 받자마자 나에게 부임신고(?)를 한 후 앞으로도 미얀마에 많은 관심을 가져달라며 부탁을 해왔다.

그가 바로 조명제 대사(지금은 외교통상부 대변인으로 재직 중)였는데 그도 1년 후 다시 현재의 김해용 대사로 교체됐다. 나는 어느새 미얀마에서 주요 인사(VIP)가 되어버린 것이다.

매년 학교가 하나씩 들어설 때마다 미얀마 아이들이 무척 기뻐

2010년 1월, 북한어린이에게 보낼 우유와 분유 선적 출항식(정창영 전 연세대 총장과 함께)

한다. 2012년 1월에 4번째 사랑의 학교를 세워줄 때는 현지 교육감이 나에게 존경과 감사의 마음을 담아 '우서디갸'라는 미얀마 이름을 지어주기도 했다. 이는 '많은 사람들에게 많은 것을 나누어주는 존귀한 사람'이라는 뜻이라고 한다.

하나님께서는 오른손이 하는 일을 왼손이 알지 못하게 하라고 말씀하셨는데, 여간 부끄러운 일이 아닐 수 없다.

미얀마에서의 일정을 마치고 한국으로 돌아오는 비행기에서 북한을 생각했다. 그리고 정창영 전 연세대학교 총장과 함께 공동대표로 있는 '북한 어린이에게 우유 보내기 운동'을 떠올렸다.

미얀마에서의 지난 며칠을 생각하며, 그보다 못한 환경에 놓인 북한 어린이들에게 깊은 연민이 들었다. 그리고 북한에 우유를 보내는 일에 조금이나마 힘을 보태야겠다고 결심하고 2010년 1월에 처음으로 1천 5백만 원 상당의 우유와 분유를 북한으로 보냈다.

북한 어린이들은 만성적 영양결핍으로 대한민국 어린이들보다 평균 신장은 16cm, 체중은 16kg이나 작다고 한다. 미얀마도 어렵지만, 북한 또한 동아시아 빈곤국임은 누구도 부정할 수 없는 사실이다. 먼 훗날 통일이 되면 다 우리가 껴안아야 할 아이들이다. 그날을 대비해 북한 아이들을 도울 수 있는 일을 좀 더 찾아봐야겠다고 생각했다.

사람들은 내가 국가와 이념, 종교를 가리지 않고 전방위로 나눔과 섬김을 행하는 데 대해 박수를 보내면서도 한편으로는 의문을 가진다.

'저 사람은 왜 자신에게 득도 되지 않는 일을 저리 열심히 할까?'

그들에게 이렇게 말하고 싶다.

"지금 우리 사회는 온통 메말라가고 있습니다. 그런데 이런 사회를 위해 누군가가 발 벗고 나서야 합니다. 저는 그 일에 미력하나마 힘을 보태고 싶습니다. 누군가는 자신의 희생을 감수하더라도 그 일에 앞장서야만 우리 사회가 조금 더 아름다워지지 않겠습니까?"

이 나눔과 섬김의 문화가 알려지면 우리 사회는 좀 더 아름다운 사회로 변해갈 수 있을 것이라는 확신이 든다. 이제는 이 나눔과 섬김의 문화가 이 땅에 충만해지는 것이 내 마지막 남은 꿈임을 밝힌다.

소원하기는 진정한 나눔과 섬김이 더욱 확산될 수 있기를 빌어본다.

격려와 칭찬이 주는 힘

나는 유달리 상복(賞福)이 많은 편이었다.

내가 지난 36년간 몸담았던 국세청에서 주는 것을 제외하고라도 정부에서 주는 큰 훈장만 해도 여럿 된다.

제일 먼저 받은 것은 1982년 서슬 퍼렇던 국가보위 비상위원회(일명 '국보위')에 조세행정개혁팀(T/F)에 파견이 되어 조세행정개혁(안)을 만들어 보고한 공로로 대통령 표창을 받은 것이 시작이었다.

1992년에는 근정포장(勤政褒章)을 받았다. 이때는 국무총리실 사정담당관실로 2년 6개월간 파견되어 일할 때였다. 공직자 사정에 기여한 공로였다.

2005년에는 36년간의 공직자 생활을 마무리하며 명예롭게 은퇴한 공로로 홍조근정훈장을 받았다. 사실 오랜 기간 국세청에 몸담

2006년 12월, 한국언론인연합회 주관 자랑스런한국인대상 수상
(반기문 UN사무총장, 조수미 씨와 함께. 뒷줄 오른쪽 첫 번째가 저자)

아 일하면서 큰 잘못 없이 무사고로 옷을 벗게 돼 감개 무량했다. 이 훈장은 정년을 2년 앞서 명예롭게 은퇴함으로써 후배들에게 모범을 보였다는 점도 점수에 가산되지 않았나 싶다.

2006년 12월에는 민간인 신분으로 자랑스런한국인대상(大賞)도 받았다. 대한민국 언론인들로 구성된 (사)한국언론인연합회가 주관하는 '제6회 올해의 자랑스런한국인대상'에 선정, 반기문 유엔 사무총장과 성악가 조수미 씨 등과 함께 수상해 나름대로 영광스러웠다.

주최 측은 지난 36년간의 국세청 공직생활 동안 '나눔과 섬김'의 인생철학을 몸소 실천하면서 손수 석성장학재단을 만들어 당시 시점으로 3억 2,000만 원 상당의 장학금을 지급하며 청량리 밥퍼봉사활동, 소망의 집 봉사 등 각종 사회봉사활동에 앞장서 온 점이 높이

2012년 6월 1일, 이현동 국세청장으로부터 감사패 받음

평가돼 대상을 수여하게 됐다고 소개했다.

참고로 이 상은 (사)한국언론인연합회가 신문과 방송 등 전국 50
개 언론사 회원대표로 선발된 심사위원들의 엄격한 심사를 거쳐 매년
국위선양·문화예술·나눔봉사·판매유통·무역수출 등 총 15개 분야에
서 그해 한국을 빛낸 인물 1명씩을 선정해 시상하는 상이었다.

또 지난 2011년 3월 3일 납세자의 날에는 내가 그동안 받은 훈장
중 훈격이 제일 높은 은탑산업훈장을 받았다. 1만 명의 세무사들을
대표하는 한국세무사회장으로서 조세행정과 세제개혁 업무에 큰 도
움을 주었다는 공로였다. 재정경제부의 세제발전심의위원, 국세청의
국세행정위원, 행정안전부의 지방세정책자문위원으로 꾸준히 봉사
한 점도 감안되었을 것이다.

또 국세청의 요직을 두루 거치고 방송에 나가 세무상담을 도맡아 했고 국세청 공보관으로서 대외 언론기관에 적극적으로 대처하는 등 세무행정에 관한 지식에서는 누구 못지않아 '세무행정의 달인'이란 별명까지 얻은 것도 하나의 이유였을 것이다.

이와는 별도로 개인의 신앙적으로는 2010년에 세계복음화중앙협의회에서 한국기독교선교대상 평신도부문 상을 받았다. 이 상은 1990년 세계복음화중앙협의회 정책위원회에서 세계선교의 활성화와 민족의 복음화, 그리고 기독교의 부흥과 발전을 위해 '한국기독교선교대상'을 제정해 주는 상이다. 어떤 지인이 나도 모르게 이 단체에 수상자 후보로 추천을 한 것 같은데 당시 수상사유에는 이렇게 기록돼 있었다.

"기독실업인 부문 수상자인 조용근 장로는 9급 세무공무원으로 임용되어 36년을 근무하였으며 대전지방국세청장 재임 시에는 임기 2년을 더 남겨두고 후배들을 위해 용퇴하여 9급 신화의 주인공이 되었다.

세무사 개업 후 2년 만에 1만 명의 회원들의 직접 선거로 회장에 당선, 취임한 2년 후에는 추대형식으로 2년을 더 연임하여 한국 세무사회 회장직을 담당하고 있다.

봉사활동도 활발하게 전개하여 청량리 다일공동체 밥퍼운동본부 명예본부장으로 노숙자 구호활동에 힘쓰는 동시에 마태목장을 통한 동료 세무공무원의 복음화를 위한 전도 활동과 석성장학재단을 만들어 후학들을 육성하는 데 매진하여 기독실업인으로서의 빛과 소금이 되고 있다."

무엇보다 더 놀라운 것은 지난 2013년 3월 13일에는 그동안 자랑스런한국인대상을 받은 사람들로 구성된 '대한민국 한빛회'에서 2013년 대한민국 나눔봉사 대상(종합대상)을 받게 되었다.

나는 그동안 이런 큰 상을 받을 때마다 다짐을 한다. 더 열심히 노력해서 이웃과 사회에 빛과 소금의 직분을 잘 감당할 수 있기를……

개인적인 생각이지만 상을 줄 수만 있으면 어떻게 하든지 많이 주는 것이 사회를 훈훈하게 만드는 것이라 생각한다.

그래서 나는 강연초청을 받아 강의할 때마다 칭찬의 중요성을 많이 강조한다. '칭찬은 고래도 춤추게 한다'는 말처럼 사람은 작은 격려 한 마디와 칭찬 한 마디에 감동을 느끼는 경우가 허다하다.

많은 분들과 대화해 보면 상사가 잘한다고 격려해 주거나, 못하더라도 나무라지 않고 더 잘할 수 있다고 인정해 주는 것에 고무돼 그 분야에서 크게 성공한 사례를 많이 보아왔다고들 한다.

나는 훌륭한 리더라면 펠로우를 통솔할 때 수시로 칭찬하고 그들이 가장 잘할 수 있는 일을 발견하도록 도와주어야 한다고 생각한다. 일반적으로 나를 포함한 대부분의 사람들은 회사나 가정에서 부하직원이나 아이들이 어떤 일을 잘하고 있을 때 그 잘한 일에 관심을 갖지 않고 무언가 잘못되거나 문제가 생겼을 때 그것만을 지적하곤 한다. 작은 것이라도 잘했을 때에는 관심을 보이고 칭찬을 아끼지 않아야 한다는 것이 내 지론이다. 그러나 그러는 나 자신도 그렇게 실천하지 못하고 있음에 실로 안타깝고 죄송하게 생각한다.

앞에서 그동안 내가 상을 받은 것들을 차례로 늘어놓아 마치 내 자랑하는 듯한 인상을 준 것 같아 송구스럽다. 그러나 "훈장을 받았다는 사람이 왜 저 모양이지!"란 말을 듣지 않으려면 더 노력하고 분발해야 한다고 생각했기 때문에 나 자신을 스스로 채찍질하기 위해서임을 분명히 밝히고 싶다.

하나님께서는 능력에 비해 내게 많은 일들로 봉사하게 하시고 사명도 주셨지만 상(賞)을 주신 것은 더 열심히 하라는 뜻이라고 생각된다. 상(賞) 자체가 목적이 아니라 상(賞)을 통해 내가 나를 더 채찍질하고 더욱 연단시켜서 최선의 것으로 만들어지도록 하기 위해서인 것 같다.

2012년 6월 8일 해군본부특강

나눔의 감동은 검찰청 앞마당까지

오랜 공직에서 퇴직하고 나서 "나눔"에 대해 많은 관심을 가지고 일해 오다 보니 공직기관이나 민간단체에서도 나에게 나눔과 관련한 특강을 제의해 오는 등 조금씩 다른 사람들에게 알려지고 있을 때였다. 어느 날 대한민국 최고의 사정기관인 검찰청에 재직하고 있는 어떤 지인(知人)을 통해, 나를 항고심사위원으로 추천하겠다는 연락을 받았다.

2011년 11월 29일 서울고등검찰청에서 항고심사위원 위촉식이 열렸다. 서울고등검찰청은 검찰이 항고사건 처리과정에서 전문가들의 목소리를 보다 객관적으로 반영하고자 각계각층의 전문가들을 위촉하여 이날 행사를 가졌으며, 나는 세무분야의 전문가로서 특별히 참여요청을 받아 항고심사위원직을 수락하게 되었다.

2012년 5월 31일. 서울고등검찰청 신청사
준공식 때 권재진 법무부장관과 함께

서울고등검찰청에 건립된 검찰 상징 조형물에
저자의 얼굴상(점선부분)이 새겨짐

    항고심사위원회는 검찰의 기소독점주의를 보완하는 장치로 검찰
시민위원회와 함께 도입된 제도라고 한다. 항고사건 처리과정에 전문
가 등 국민의 참여를 확대하고 검찰의 결정에 공정성과 신뢰성을 제
고하기 위해 마련된 것으로 알고 있다.

    항고심사위원회는 주임검사와 민간인 항고심사위원들로 구성되
며, 매 분기별로 1회 이상 개최되고 있었다. 이렇듯 검찰이 억울한 국
민들의 편에서 나름대로 객관적인 수사가 되도록 노력하는 과정에,
부족하지만 시민의 한사람으로 참여하다 보니 한편으로는 마음 뿌
듯한 보람을 느꼈다.

    참고로 항고심사위원회에서 다루고 있는 사건들은 비교적 중요
하다고 판단되는 사건과, 전문분야별로 외부 항고심사위원의 참여
가 필요한 사건 또는 사실인정에 첨예한 다툼이 있거나 법률적 쟁점

이 있어 검토가 필요하다고 판단되는 사건들이었다.

나에게 항고심사위원직을 맡아달라는 요청이 들어온 것은 아마도 개개의 사건이 한 사람에게 있어 일생에 한 번밖에 없는 중요한 사안이므로, 한 치의 억울함이 없도록 객관적인 위치에서 살펴봐 달라는 의미일 것이다.

그동안 나는 항고심사위원으로서 최선을 다하고자 노력했다. 나름대로 항고심사위원회 위원으로 활동하면서 진심을 다한 덕분일까? 2012년 5월 31일 서울고등검찰청 신청사 준공식에 항고심사위원회 대표위원 자격으로 특별히 초청받아 참석하게 되었다. 준공식에는 권재진 법무부장관을 비롯하여 서울고등법원장, 서울중앙지방법원장과 수도권 일선 검사장을 비롯한 다수의 검찰 간부들이 참석했다.

더욱 놀라운 일은 서울고등검찰청에서 범죄 없는 아름다운 사회를 만들기 위해, 시민과 함께하는 검찰상을 표현하기 위해, 신청사 준공식에 맞춰 청사 앞 그린광장에 새로이 만든 청동 조형물에 항고심사위원회 대표위원 자격으로 내 얼굴이 새겨지는 영광을 누리게 되었다는 것이다. 너무나도 뜻밖의 일이었다. 당시 서울고등검찰청 안창호 검사장님을 비롯한 모든 관계자 여러분께 진심으로 고맙고 감사하게 생각한다.

그때 나는 다시 한 번 느꼈다.

이 모든 일의 시작은 바로 "나눔"이었다고……

'감동공장 공장장'

이제 60대 중반을 넘어선 나에게는 마지막으로 맡고 싶은 직책(職責)이 하나 있다. 그것은 다름 아닌 감동을 만들어 내는 '감동(感動)공장 공장장'이 되고 싶다는 것이다.

내가 최근 한 언론사 기자와 인터뷰를 하면서 이 말을 했더니 그 기자는 이 멘트가 매우 인상적이었던지 인터뷰 기사 첫머리에 '감동공장 공장장'이라는 제목으로 기사화했다.

부족하기 그지없지만 지금까지의 내 삶을 되돌아보면 어느 것 하나 기적 아닌 것이 없었다. 나는 그것을 늘 감사하며 지내고 있다.

내 집무실에는 국가나 사회단체로부터 받은 많은 감사패와 감사장이 진열되어 있다. 그것들을 사무실에 진열해 놓은 이유는 나를 드러내고 자랑하려는 의도 보다는 나를 만나러 오는 방문객들로

하여금 나눔과 섬김에 대한 도전을 주고 싶은 마음이 좀 더 강하게 작용했다고 보면 될 것 같다.

몇 년 전부터 나는 매년 100여 차례에 걸쳐 각종 강의 요청을 받고 있다. 강연에 초대받아 가면 "근자열(近者悅), 원자래(遠者來)"라는 고사성어를 많이 사용한다. 왜냐하면 나눔과 섬김의 사역도 다른 사역과 마찬가지로 시작할 때 제일 먼저 마음에 새겨야 할 덕목이 이것이라고 생각하기 때문이다.

공자(公子)님께서 역설하신 이 말씀을 쉽게 풀어 보면 "가까이 있는 사람을 기쁘게 해주면, 멀리 있는 사람들이 그 소문을 듣고 구름떼같이 몰려온다"란 뜻이다. 바꾸어서 이야기하면 남을 돕고 섬긴다면서 가장 가까이 있는 내 가정과 가족들을 소홀히 한다는 것은 한마디로 '어불성설'이라고 생각된다. 나와 가장 가까이 있는 배우자나 자녀, 부모를 비롯하여 친척, 직장동료들에게 기쁨을 주는 것이 우선이자, 시작이 되어야 한다는 뜻이 아닐까?

즉 이들에게 먼저 진한 감동이 전해져야 한다는 뜻인 것 같다.

이를 실천하기 위해서는 '~꾸나' 화법을 생활화하는 것이 꼭 필요하다는 것이 내 생각이다.

상대방과 대화할 때 상대방의 마음 상태를 진심으로 알아주는 것이 필요하다고 본다. 그때 사용되는 용어가 다름 아닌 '~꾸나, ~꾸나' 화법이다.

예를 들어 아내와 자녀들의 말을 잘 들어주면서 '그래서 힘들었꾸나, 그래서 기뻤꾸나!'라고 마음 상태를 공감해주면 그들의 자존감이나 신뢰감이 매우 커질 것이다.

또 '근자열(近者悅)'의 마음이 제대로 움직이게 되면 나눔과 섬김의 사역에도 시너지 효과가 있었음을 체험했다.

참고로 지난 2013년 봄에 있었던 일이다. 딸이 근무하고 있는 종합병원에서 건강검진을 하게 되었는데 당시 종합진단서에 건강상태가 이 상태라면 앞으로 16년 6개월을 더 살 수 있다는 내용이 적혀 있었다.

순간 나는 두 가지를 느꼈다. 하나는 좀 더 열심히 운동을 해야겠다는 결심과 또 하나는 언젠가는 나도 세상을 떠난다는 사실과 함께 지금까지의 삶은 모두 잘못된 것들을 위해 살아왔구나 하는 생각이었다.

그러면서 마음 한쪽에서는 '하나님께서 주신 생명이 다하는 동안 더욱 어렵고 소외된 이웃을 돌보며 후회 없는 삶을 살아야겠구나'라고 다짐하게 되었다.

또 나는 지난 2010년 12월에 천안함 피격사건을 계기로 설립된 천안함재단의 이사장에 취임하면서 하나님께 서원했다.

"자원봉사자로서 두렵고 떨리는 마음으로 정말 재단을 투명하게 운영해 보겠습니다."

그 실천 의지로 재단 이사장으로서 쓸 수 있는 법인신용카드도 처음부터 재단에 반납하고, 매월 재단 이사회 때 받는 교통비도 재단에 다시 기부하기로 했다.

그리하여 지금까지 내 나름대로는 100% 투명하게 운영했다고 생각한다. 감독관청을 비롯한 재단관계 당사자들도 놀라워하는 것 같았다.

2013년 4월 25일, 계룡대에서 3군 합동 아카데미에서 특강 후
성일환 공군참모총장, 최윤희 해군참모총장, 황인무 육군참모차장과 함께.

　　그 결과 지난 2013년 12월, 3년간의 임기가 끝나자마자 다시 3년 임기의 이사장직을 연임하게 되었다.

　　나는 지금도 같은 생각이지만 천안함재단 이사장 직책이 정말 우리 대한민국을 위해 산화한 46 용사들의 위업을 기리고, 그 가족들을 제대로 돌보며, 또 58명의 생존 장병들이 완전하게 사회에 복귀하도록 지원함과 아울러 해군을 비롯한 국군들의 병영문화개선을 위한 지원사업, 그리고 무엇보다도 느슨해진 우리 국민들의 안보의식을 다잡아 주는 역할을 할 수 있길 다짐하고 또 최선을 다해 노력해 왔다고 자부한다.

　　이에 못지않게 이러한 나눔과 섬김의 사역은 감동을 만들어 내고 또 만들어진 그 감동은 다른 사람들에게 전파된다는 사실을 체험하게 되었다. 나는 이 선순환의 나눔과 섬김의 정신이 널리 널리 퍼져 나가기를 소망한다.

'비록 현재 처해 있는 삶이 고달프고 괴롭더라도 당당하게 살아보자.

또, 한 번밖에 없는 삶을 신 나게 살아보자.

그리고 멋있게 살아보자.

무엇보다 죽고 사는 문제가 아니면 늘 져주면서 살아보자'라고 힘주어 이야기하곤 한다.

그래서 4가지 격려의 앞 글자를 따보니 우연히도 '당신멋져'라는 말이 되었다.

지금도 나는 내 두 주먹을 불끈 쥐고 '당신멋져'라고 혼자 외쳐대곤 한다.

2013년 4월에 나는 충남 계룡대에서 해군참모총장, 공군참모총장 그리고 육군참모총장을 대신해서 참석한 육군참모차장을 비롯한 육·해·공군 장성 등 3군 간부 700명을 대상으로 "대한민국 안보역량 강화의 힘! 근자열(近者悅)!"이란 주제로 강연을 한 적이 있었다. 이렇게 3군 참모총장이 모두 한자리에 모인 자리에서 강연을 한 것이 나에게는 진실로 영광 그 자체였다.

'육·해·공군 3군 합동아카데미'라는 이름으로 진행된 이 강연에서 나는 바로 내가 앞에서 강조한 이야기들을 진솔하게 이야기했다.

그러면서 "국가안보를 지킬 수 있는 진정한 힘은 바로 내 옆에 있는 사람의 마음을 이해하고 기쁘게 해주는 것"이라고 하면서 "조직문화의 특성상 상명하복을 중시하는 군인일수록 내가 먼저 상·하급자나 동료의 이야기에 귀 기울여 주고 마음 상태를 알아주려는 노력이 필요하다"고 했다. 또 "이것이 정착되면 우리나라 안보역량은 자연스럽게 강화된다"고 역설했다.

그때 내 강의를 들은 3군 수뇌부 인사들 모두가 감동적인 강의였다고 하여 나는 매우 기뻤다.

또 지난 2014년 1월에는 서울시 은평구에 소재하는 설립된 지 88년이나 된 서울기독대학교(이강평 총장)에서 연락이 왔다. 나에게 명예 신학 박사학위를 수여하겠다는 것이었다.

이강평 총장께서 "기독교적 신앙을 몸소 실천하며 불우한 이웃을 위한 지속적인 '나눔과 섬김'으로 한국교회에 기독교적 사랑의 롤모델을 제시하였으며, 신학과 현실을 연결하는 왕성한 봉사활동으로 실천 신학의 발전에 기여한 공이 커서 명예 신학박사 학위를 수여하게 됐다"고 박사학위 수여 이유를 밝혀 주셨다.

처음에는 사양할까 생각했으나 이것이 후학들에게 '나눔과 섬김의 롤모델'로 교육적 가치가 있다고 판단하여, 감사하는 마음으로 수락했다.

지난 2014년 2월 14일 학위수여식이 열리던 날 사회자는,

"조용근 이사장님은 미얀마에 신학대학교 건립을 지원하고, 캄보디아에 사랑의 밥퍼 무료 급식소를 설립하는가 하면 손수 만든 석성장학회를 통해 어려운 학생들에게 지금까지 16억 원을 지원했습니다. 또 중증장애인을 위한 '사랑의 쉼터'를 건립하셨고 그 외에도 밥퍼 봉사활동과 결손가정 청소년 돕기 등을 통해 불우하고 소외된 계층을 그리스도의 정신으로 섬기고 헌신한 공로가 인정돼 본교에

서 명예 신학박사 학위를 드리기로 한 것입니다."

라고 낭독했다.

그때 나는 마음속으로 '이 모든 것은 제가 한 것이 아니라 하나님 당신께서 하셨습니다'라고 감사기도를 드렸다. 찢어지게 가난해 대학교에 갈 형편도 못되었던 한 소년이 가난의 가시덤불을 헤치고 이제 많은 사람들의 롤모델로 우뚝 서서 나눔과 섬김의 모범자로 격려를 받는다는 사실이 못내 감격스러웠다.

남들처럼 대학을 제대로 반듯하게 나온 것도 아니고 더군다나 해외 유학파도 아니다. 야간대학을 다녔으며 고등학교 때에는 입주 가정교사를 하며 학비를 벌었다. 이른바 사회에서 말하는 '가방끈'이 짧은 편이어서 인생의 준비단계에서는 별 볼 일 없었던 나였다.

그러나 지금의 내 모습은 그렇지 않은 것 같다. 내 나이에 이처럼 왕성하게 사회활동을 하며 역동적으로 뛰고 있는 모습을 보며, 주위의 많은 친구들이나 지인들이 나를 부러워한다. 결국 인생은 가방끈이 중요한 것이 아니라 인생을 얼마나 보람 있고 가치 있게 살아가느냐에 성패가 달려있다.

흔히들 인생을 30년씩 3단계로 나누어 생각해보는 분들도 있다.

먼저 30년은 교육을 받으면서 인생을 준비하는 단계이며, 중반전 30년은 자기 성취를 위해 열심히 일하는 단계이고, 나머지 후반전 30년은 삶을 마감하는 단계라고 하였던가?

그리고 인생 전체를 놓고 볼 때 성공한 삶은 무엇보다 마지막 30년을 어떻게 살았느냐에 달려있다고들 한다.

이 글을 읽는 독자 여러분은 지금 어디를 어떻게 뛰고 있나요?

인생 전후반의 준비기간인 30년을 잘 준비해서 인생의 중반전에 자기 자신의 발전을 위해 열심히 뛰고 있는 사람들에게 힘주어 권하고 싶다. 각종 운동 경기에서도 주어지듯이 인생의 중·후반 사이의 작전타임을 통해 나머지 마지막 30년을 잘 마무리할 수 있도록 나보다는 이웃을 위해 내 모든 것을 아낌없이 주고 가야 할 것이 아닌가 한다.

기적은 순간마다

그런데 바로 그 중심에는 '나눔과 섬김'이 있어야 한다고…….

하나님의 나눔 수학교실

2010년 11월 11일은 내가 대표로 있는 세무법인 석성의 설립 5주년이었다. 요란한 기념식을 하는 것보다 무엇인가 의미 있는 일을 하고 싶었다.

어느 날 최일도 목사와 식사를 하는 중에 캄보디아에 있는 어린이들이 많은 어려움 속에 고통받고 있다는 이야기를 들었다.

"조용근 회장님. 제가 캄보디아에 갔다가 우연히 베트남에서 넘어 와서 노숙하는 아이들을 만난 적이 있는데 대부분 수인성 전염병으로 고통받고 있어 이들을 위해서 밥을 먹여야겠다는 생각이 들었어요. 그래서 2003년부터 1년 동안 준비를 해오다 드디어 2004년 3월에 '캄보디아 다일공동체'를 개원했답니다. 현재 프놈펜과 씨엠립에서 결식아동들을 위한 무료급식과 기초 보건교육을 실시하고 있는

데 참으로 힘이 듭니다."

최일도 목사는 이 사역을 소개하며 앙코르와트가 있는 관광지 씨엠립 옆에 큰 호수가 있는데, 이곳 수상마을에 살고 있는 수만 명의 사람들은 대부분 극빈층이어서 여기에 세워진 밥퍼센터를 더 크게 확장하고 싶은데 재정이 없어 고민 중이라고 했다. 나도 지난 2010년 1월에 한 번 다녀온 경험이 있어 그 실상을 잘 알고 있던 터였다.

나는 석성 창립 5주년을 기념해 이곳에 밥퍼나눔센터를 크게 지어 주기로 했다. 개원에 필요한 비용 5천만 원은 우리 세무법인 석성에서 후원하고, 개원식 때 소속 직원들이 현장에 가서 밥퍼봉사를 하기로 했다. 급식 대상은 10세 미만의 어린이 1천여 명 정도 된다고 하였다.

기적은 순간마다

2010년 11월, 세무법인 석성창립 5주년 기념 캄보디아 밥퍼 봉사활동
(맨 앞줄 가운데 저자의 아내와 최일도 대표, 저자, 박상원 탤런트 부부 등)

2010년 11월 11일, 석성 직원 30여 명은 그날 오전 청량리에서 밥퍼 봉사활동으로 창립기념식을 대신한 뒤, 곧장 그날 저녁 비행기를 타고 캄보디아로 향했다. 이튿날 현장에 가보니 급식소가 아주 잘 지어져 있었다. 인건비가 싸고 냉난방이 필요 없으니 무려 1천여 명이 식사할 수 있는 대형급식소가 세워졌다.

우리는 3박 5일 동안 이곳에 머무르며 보람 있는 땀을 마음껏 흘렸다. 또 우리 직원들이 미리 모아서 가져간 헌옷과 신발 등 선물 보따리도 잔뜩 싣고 가서 거저축제행사도 함께 실시했다. 그들에겐 더할 수 없이 귀한 선물이었다.

그때 현장 옆 건물에 가보니 코이카(KOICA, 한국국제협력단)가 지원해 유치원 컴퓨터교실 등 다양한 사역들이 이루어지고 있었다. 대학생 자원봉사단은 통상 14박 15일 이곳에서 봉사를 하고 돌아가기도 한다는데, 봉사가 끝나고 헤어질 때는 이곳 어린이들과 우리 대학생들이 헤어지기가 섭섭하여 눈물바다를 이룬다고 했다. 이제 무료급식소 건물까지 생겼으니 이곳에서 사역하시는 선교사들이 여간 기뻐하는 것이 아니었다.

세무법인 석성 창립 5주년을 맞아 고급 호텔에서 외부 인사들을 초청해 기념행사를 멋지게 할 수도 있었을 것이다. 직원들에게 수고했다고 격려금도 주고 선물도 나눌 수 있었을 것이다. 그러나 생각을 조금만 달리해서 그 예산을 이곳에 썼더니 수많은 어린이들에게 엄청난 기쁨의 선물을 줄 수 있게 된 것이다.

돌아오는 비행기 안에서 한 직원이 내게 감동어린 목소리로 이렇게 말했다.

2010년 11월, 석성창립 5주년 행사로 캄보디아 톤레삽 수상마을에서 밥퍼봉사 활동

"회장님, 저는 사실 우리 회사가 이렇게 많은 경비를 들여 캄보디아에 밥퍼센터를 짓고 직원들까지 모두 봉사에 참여토록 하는 것에 약간 불만이 있었어요. 그런데 막상 여기에 와서 캄보디아 어린이들이 비참하게 지내며 우리의 도움이 정말 필요하다는 것을 보고 나니 마음이 달라졌어요. 정말 귀한 일을 했다는 뿌듯한 마음이 들었습니다. 진정한 나눔과 섬김의 의미를 깨닫게 해주셔서 감사합니다."

그렇다. 나는 많은 사람들이 진정한 나눔의 기쁨을 알지 못하는 것이 안타까웠다. 나눔은 나눌수록 자라고 또 나눌수록 진정한 부자가 되는 것은 바로 나 자신인데도 사람들은 내 것을 주면 내 몫이 작아진다고만 생각하니……

그렇지만 하나님의 법칙은 결코 그렇지 않다. 나눌수록 내 것이 더 커진다. 사람들은 이 사실을 잘 믿지 않는데, 나를 비롯해 나눔을 실천하고 있는 주위 사람들을 보더라도 이것은 분명한 진실이다. 그래서 나는 사람들에게 자신 있게 말한다.

"지금 나누어 보세요.

지금 섬겨 보세요.

그러면, 새로운 세계가 열린답니다."

이 세상 모든 사람들은 예외 없이 다른 사람들과의 관계 속에서 살아가고 있다.

그런데 그 사람들 사이에는 숨겨진 비밀이 하나 있다.

그것은 다름 아닌 나눔의 비밀이다. 이것은 세상을 더욱 아름답게 변하게 하는 무서운 능력을 지니고 있다. 무엇보다 이 비밀은 하나님과도 연결되는 통로이기도 하다.

그것은 우리를 이 세상에 보내신 하나님의 섭리와도 연결되는 비밀이다.

에 필 로 그

"give, and more will be given to you."
"주라, 그러면 당신에게 더 많이 주어질 것이다."

226

기적은 순간마다

이른 새벽 집을 나서는 내 얼굴에 입김이 따라붙는다. 생각보다 일찍 겨울이 찾아왔다. 2011년 11월 11일, 오늘은 세무법인 석성이 여섯 번째 생일을 맞이하는 날이다.

내가 손수 만든 석성에 특별한 선물을 할 예정이다. 그동안 나름대로 나눔의 정신으로 살아온 우리에게 오늘은 앞으로 나가야 할 비전을 선포하는 날로 기억될 것이다. 고맙게도 그동안 내 의견에 적극 동참해 준 석성 임직원 모두에게 지면을 빌어 감사의 마음을 전한다.

아침 9시, 청량리역 쌍굴다리 광장에는 많은 사람들이 몰려들기 시작했다. 싸늘한 광장에 봉사자들의 입김과 음식에서 나는 김이 섞여서 식당 전체를 따뜻하게 달구었다.

"아버님, 어머님들 천천히 많이 드세요. 그리고 희망을 잃지 마세요. 여러 어르신들께서 희망을 잃지만 않는다면, 우리는 언제든지 어르신 곁에 서서 도와드릴게요!"

밀려드는 독거노인들과 노숙자들의 인파 속에서 손은 바쁘지만 마음은 기쁨으로 가득 찼다. 그날 나는 석성의 여섯 번째 생일을 기념해서 앞으로 석성이 나가야 할 비전을 설정했다.

"나누자. 아무리 어렵더라도 나누고 섬겨 보자.

그리고 많은 사람들에게 알려 보자. 나누면 채워진다는 이 절대 불변의 법칙을 말이다. 사람들은 곧 깨달을 것이다. 이미 내 안의 것들을 퍼내야 새로운 것들을 담을 수 있다는 기막힌 사실을……."

오전 내내 약 1천여 명의 독거노인과 노숙자들에게 밥퍼봉사를 했던 우리는 특별히 이날을 기념해서 청량리에 중증독거노인들을 위해 '석성방앗간'을 열었다. 그동안 최일도 목사와 '밥퍼' 봉사를 해오면서 거동이 불편한 중증독거노인들에게는 식사를 제공할 수 없는 현실이 안타까웠다.

그렇다면…… 그래! 이들에게는 떡을 만들어 제공한다면 거동이 어려운 많은 중증독거노인들도 허기를 달랠 수 있을 것이다.

그래서 그 해결방안으로 방앗간을 만들게 되었다. 방앗간을 만들기 위한 기자재와 재료, 그리고 장소를 물색하던 끝에 인근 다일천사병원 1층의 일부를 빌려 '석성방앗간 1호점'을 개설했다. '밥퍼'에 이은, 이른바 '떡퍼'가 시작된 셈이다.

석성방앗간 1호점에서 만들어지는 떡은 거동이 어려운 인근 중증독거노인들의 배고픔을 달래줄 것이다. 물론 그들이 언제 어느 때나 허기를 달랠 수 있는 식당을 만드는 것이 더 좋겠지만, 그 비용과 인력이 마련될 때까지 마냥 기다릴 수만은 없는 노릇이었다.

지금도 수많은 중증독거노인들은 추위와 배고픔과 싸우다 쓰러져 간다. 그러나 이 방앗간으로 인해 그들의 외로움과 허기를 조금이라도 달래줄 것으로 기대한다.

나는 이제 글을 마무리하면서 지난 60여 년간의 삶을 곰곰이 되새겨보았다. 지금까지 지나온 매 순간순간들이 기적의 연속이라는 생각이 든다. 그러나 지나간 과거는 과거일 뿐이다. 그보다는 지금부터가 더 중요하다. '하늘은 스스로 돕는 자를 돕는다'라는 격언처럼 다시 한 번 각오를 다진다. 나는 정말 부족하지만 내 힘껏 스스로 돕는 자가 되겠다고…….

고백한다. 그리고 외친다.

'항상 기뻐하자,
쉬지 말고 하나님께 기도하자,
그리고 즐겁든지, 슬프든지, 괴롭든지
어떠한 형편에 처하든지 감사하자.'
왜냐하면 이는 하나님께서 나에게 주신 지상 명령이기 때문이다.

이 글을 읽는 사랑하는 독자 여러분!
이제부터 우리는 먼저 나누는 사람이 되어 봅시다. 그러면 전지전능하신 하나님께서 반드시 더 큰 것으로 우리를 채워주실 것이라는 진리를 믿어 봅시다.

"give, and more will be given to you."

"주라, 그러면 당신에게 더 많이 주어질 것이다."